KB024602

우리 시대 대표시 50선 평설

국립중앙도서관 출판예정도서목록(CIP)

우리 시대 대표시 50선 평설 : 해설과 심층분석 / 지은이 : 이유
식. -- 서울 : 한누리미디어, 2017
p. ; cm

ISBN 978-89-7969-737-7 03810 : ₩15000

한국 현대시 [韓國現代詩]
시 평론[詩評論]

811.6209-KDC6
895.71409-DDC23 CIP2017000908

우리 시대 대표시 50선 평설 _ 해설과 심층분석

| 이유식 편저 |

★ 평단생활 반세기만에 선보이는 저자 최초의 시평설집
★ 가려 뽑은 시 50편에 대하여 신선한 해설과 입체적 분석
★ 시 감상, 시 창작, 시 강의, 입시준비 등에 필독 참고서!

한누리미디어

| 머리말 |

늦둥이 첫 평설집을 안아보며

그동안 다른 것은 제외하고 10여 권의 순수 평론집은 내보았다. 오로지 시 작품 평설집으로는 이것이 처음이라 감회가 약간 새롭긴 하다.

나는 원래 평론가로 문단에 데뷔할 때는 시평론으로 시작했다. 약 10여 년간 시론과 시인론을 쓰다가 그 후 어쩌다 소설평론, 그 다음 수필평론과 수필 쓰기에 주력해 왔다.

그러던 중 작고한 시인 진을주 사백이 주재하던 계간지 『지구문학』의 청으로 10년 조금 넘게 '특별기획/ 우리 시대의 대표시를 찾아' 란을 만들어 매회 1편씩 엄선하여 평설을 곁들여 연재하게 되었고, 그것이 드디어 이 책으로 태어나게 된 것인데, 그 연재의 글에다 일부 보충을 하여 50선으로 맞추었다. 나이에 따른 여력이 거의 다 된 시기에 써본 여백의 결실이라고나 할까.

전체 다섯 마당 중 첫째에서 넷째까지가 평설이고, 다섯째가 부록편이다. 특히 부록편에는 잘못된 시 해석을 바로 잡아보는 글 2편과 이 평설집의 내용과 직간접으로 관련 있을 수 있는 이른바 명시의 그 핵심적 조건을 나름대로 간략히 정리해 넣었다. 그리고 배열순서는 시단 데뷔 순에 따랐다.

참고로 밝혀두고자 하는 관심사는 도대체 선정기준이 무엇이었을까라는 점이 아닐까 싶다. 가능하면 다음과 같은 사항에 충실해 보려고 한 것만은 사실이다. 현역이나 현존 시인에게만 한하되 중견은 최소화 하고 중진급이나 원로급에 맞출 것, 출신 지역이나 남녀 성비도 배려해 볼 것, 주제나 제재의 지나친 중복성도 피할 것, 소속 단체도 초월해 볼 것, 그리고 더욱 중요한 것은 대표시로서의 충족성 여부 등이었다.

이런 여러 조건에다 50선이란 한정성으로 소개할 만한 많은 작품들이 빠질 수밖에 없었던 점이 무척 아쉽긴 하다. 또한 집필 당시는 살아 있었지만 수록 시인 중에는 이미 고인이 된 분도 더러 있어 새삼 세월 무상을 느껴도 본다.

끝으로 성의를 다해 써보려고 노력은 해 보았지만 부족한 점이 참 많으리라 본다. 그래도 늦둥이를 안아보려고 노력했던 점만은 인정을 받고 싶다. 혹시라도 선정된 시인에게는 조그마한 격려가 되고, 시 감상이나 시 창작, 입시 수험생 그리고 더 나아가 시 강의에 도움이 될 수 있다면 조그마한 보람으로 여기겠다.

2017년 1월, 대치동 청다헌에서

청다 이유식 글 남기다

차례 Contents

머리말/ 늦둥이 첫 평설집을 안아보며 … 8

첫째 마당 _ 살며 느껴 보며

016 이동주의 〈婚夜혼야〉 _ 전통적 순수 리리시즘의 명편

020 고 은의 〈머슴 대길이〉 _ 미천한 한 머슴의 모범적 삶이 주는 감동

027 박이도의 〈소시장에서〉 _ 팔려가는 소 그리고 가난한 농촌현실의 비가

031 신중신의 〈내 이렇게 살다가〉 _ 자기 삶의 흔적에 대한 상상, 여운과 겸손 돋보여

036 유안진의 〈서리꽃〉 _ 전통적 여성심리의 애절한 연정의 형상화

039 문효치의 〈무령왕비의 은팔찌〉 _ 한 장인의 애끓는 사모의 정의 시적 승화

045 강인한의 〈귓밥 파기〉 _ 경쾌미와 홍미성의 역설적 자위

048 서정춘의 〈蘭난〉 _ 페미니즘 시대를 보는 감칠맛 나는 복합심상

051 오세영의 〈님은 가시고 · 1〉 _ 사별한 '님'을 그리워하는 불망의 절창

055 감태준의 〈철새〉 _ 탈향의 시련과 인생살이의 운명성

060 김광규의 〈희미한 옛사랑의 그림자〉 _ 4.19세대의 삶의 현실순응과 그 부끄러움

065 이문걸의 〈하나의 나뭇잎이〉 _ 생멸의 철리에 대한 예민한 감수성의 표출

070 공광규의 〈별국〉 _ 가난의 시적 리얼리즘과 어머니의 사랑

074 최영미의 〈선운사에서〉 _ 사랑 그리고 이별의 잊음, 그 보편적 진실 방정식

둘째 마당 _ 풍진 세상, 풍진 세월 속에

080 함동선의 〈여행기〉 _ 분단 비극과 고향 그리움의 한
084 이병훈의 〈下浦하포길〉생태시의 시적 데포르마숑
087 문병란의 〈織女직녀에게〉 _ 이별과 그리움, 세 가지 층위 해석의 복합
092 신세훈의 〈잠실 밤개구리〉 _ 환경생태시의 그 선구적 시도
096 홍신선의 〈연탄불을 갈며〉 _ 연탄불의 교훈, 정치권에 던져보는 쓴소리
100 천양희의 〈어떤 하루〉 _ 불가적 생명존귀사상의 노래
104 이향아의 〈사과꽃〉 _ 소련 노래 '사과꽃'을 통해 본 민족 비극의 여운
107 강은교의 〈우리가 물이 되어〉 _ 만남 그리고 평화의 간절한 소망
111 정희성의 〈저문 강에 삽을 씻고〉 _ 농촌현실의 절망, 슬픔으로 승화시켜
115 서영수의 〈낮달〉 _ 일제 강점기 하의 민족 서러움의 한 슬픈 초상
119 송수권의 〈지리산 뻐꾹새〉 _ 민족의 원형적 심상을 노래한 절창
123 황지우의 〈출가하는 새〉 _ 새의 생태와 생리를 통해 본 인생의 어느 환유
126 허수경의 〈단칸방〉 _ 페이소스로 감싼 가난의 리얼리즘
129 송랑해의 〈風竹풍죽〉 _ 역사적 상상력과 구성의 완결미

차례 Contents

셋째 마당 _ 인생론적 思惟사유를 펴보이며

132 **신경림**의 〈갈대〉 _ 삶의 본질 파악의 서정적 터치가 아주 좋아

136 **문덕수**의 〈조금씩 줄이면서〉 _ 인생론적 사유의 시로서의 가치성

140 **김후란**의 〈나무〉 _ 시의 대상과 자기 동일시의 시학

144 **이근배**의 〈평원〉 _ 격조 높은 서정적 인생론류의 시

148 **이수익**의 〈集中집중〉 _ 회화성을 겸한 절묘한 유사성의 발견

151 **김종해**의 〈그대 앞에 봄이 있다〉 _ 인생론적 사유와 달관의 메시지가 큰 위안 주어

154 **박제천**의 〈비천飛天〉 _ 변화와 생성으로 본 '비천' 의 삶의 역동성

160 **정호승**의 〈내가 사랑하는 사람〉 _ 따뜻한 인간애 정신의 압권

164 **박상천**의 〈줄다리기〉 _ 위트정신의 발상과 그 역설적 인생 교훈

167 **곽재구**의 〈沙平驛사평역에서〉 _ 서민들의 삶을 연민의 정으로 본 따뜻한 동류의식

172 **김현숙**의 〈풀꽃으로 우리 흔들릴지라도〉 _ 삶의 보편적 진실을 노래한 인생론의 비유시

175 **이희선**의 〈노딘돌〉 _ 대승적 삶을 일깨워주는 돌의 의미

넷째 마당 _ 풍경의 시학

178 홍윤기의 〈단풍〉 _ 역동적 생명력의 표출과 그 암시성
181 정득복의 〈시간이 가네, 시간이 오네〉 _ 시간과 자연순리의 희망성 돋보여
185 진을주의 〈바다의 생명〉 _ 시적 수사력이 출중한 환경생태시
189 이수화의 〈조각달〉 _ 품격 높은 깔끔한 은유시로서 한 보기
192 강희근의 〈산에 가서〉 _ 자연 속에서 펼쳐 보이는 천진한 동심의 세계
197 정민호의 〈달밤〉 _ 달밤에 본 풍경화 시의 또 다른 맛
201 양왕용의 〈갈라지는 바다〉 _ 젊은 날 고뇌와 욕망, 추상화적 수법의 형상화
206 이건청의 〈망초꽃 하나〉 _ 범 생명주의적 따뜻한 관심 돋보여
211 유자효의 〈은하계 통신〉 _ 우주시대 맞이한 현대판 엑조티시즘의 세계
215 김년균의 〈갈매기〉 _ 불안정한 현재와 앞날에 걸어보는 기대

다섯째 마당 _ 부록을 달며

220 윤동주 시 〈十字架십자가〉 해석을 논박함
230 오류 해석 많은 정지용 시의 현주소 _ 정지용의 시 〈향수鄕愁〉의 경우
236 명시의 조건은 과연 무엇인가?

첫째 마당

살며 느껴 보며

- **이동주**의 〈婚夜혼야〉 _ 전통적 순수 리리시즘의 명편
- **고　은**의 〈머슴 대길이〉 _ 미천한 한 머슴의 모범적 삶이 주는 감동
- **박이도**의 〈소시장에서〉 _ 팔려가는 소 그리고 가난한 농촌현실의 비가
- **신중신**의 〈내 이렇게 살다가〉 _ 자기 삶의 흔적에 대한 상상, 여운과 겸손 돋보여
- **유안진**의 〈서리꽃〉 _ 전통적 여성심리의 애절한 연정의 형상화
- **문효치**의 〈무령왕비의 은팔찌〉 _ 한 장인의 애끊는 사모의 정의 시적 승화
- **강인한**의 〈귓밥 파기〉 _ 경쾌미와 홍미성의 역설적 자위
- **서정춘**의 〈蘭난〉 _ 페미니즘 시대를 보는 감칠맛 나는 복합심상
- **오세영**의 〈님은 가시고 · I〉 _ 사별한 '님' 을 그리워하는 불망의 절창
- **감태준**의 〈철새〉 _ 탈향의 시련과 인생살이의 운명성
- **김광규**의 〈희미한 옛사랑의 그림자〉 _ 4.19세대의 삶의 현실순응과 그 부끄러움
- **이문걸**의 〈하나의 나뭇잎이〉 _ 생멸의 철리에 대한 예민한 감수성의 표출
- **공광규**의 〈별국〉 _ 가난의 시적 리얼리즘과 어머니의 사랑
- **최영미**의 〈선운사에서〉 _ 사랑 그리고 이별의 잊음, 그 보편적 진실 방정식

전통적 순수 리리시즘의 명편名篇
— 이동주의 〈婚夜혼야〉

婚夜혼야 _ 이동주

琴瑟금슬은 구구 비둘기……

열두 屛風병풍
疊疊山谷첩첩산곡인데
七寶칠보 황홀히 오롯한 나의 방석

오오 어느 나라 公主공주오니까
다소곳 내 앞에 받들었소이다

어른일사 圓衫원삼을 입혔는데

이동주(李東柱) _ 전남 해남 출생(1920.2.28~1979.1.28.). 혜화전문학교 중퇴. 1946년 4인합동시집 《네 동무》 발간. 『조광』지에 시 〈귀농〉 〈상렬〉 등 발표. 1950년 『문예』지에 〈황혼〉 〈새댁〉 〈혼야〉 등이 추천되어 등단. 시집 《혼야》(1951) 《강강술래》(1955) 《언제까지나》(편저, 1967) 《산조여록》(유작 시집) 《영원한 한국의 명시》(편저, 1982) 《이동주 시집》(1987) 등 상재. 1960년 한국문인협회상, 1962년 전남문화상 외 수상 다수.

수실 단 부전 香囊[향낭]이 애릿해라

黃燭[황촉] 갈고 갈아
첫닭이 우는데
깨알 같은 情話[정화]가 스스로워

눈으로 당기면 고즈너기 끌려와 혀 끝에 떨어지는 이름
사르르 온몸에 휘감기는 비단이라
내사 스스로 義[의]의 長劍[장검]을 찬 王子[왕자]

어느새 늙어버린 누님 같은 아내여
쇠살퀴 손을 잡고 歲月[세월]이 원통해 눈을 감으면

살포시 찾아오는 그대 아직 新婦[신부]고녀
琴瑟[금슬]은 구구 비둘기

해설과 심층분석

전통적 가락과 언어의 절제로 순수 서정시의 확대에 헌신했던 시인중의 한 사람이 바로 이동주 시인이다. 그의 시는 소월과 영랑 그리고 지훈의 시세계와 맥을 같이 하고 있다.

이동주 시인의 시 중에서 〈婚夜[혼야]〉를 택해 보았는데 가히 전통적 순수 서정시의 명편名篇이라 칭할 수 있다.

이 시는 어느새 나이를 먹어 중년쯤의 나이가 된 서정적 자아인 '나'가 지난날의 첫날밤을 회상해 보며 지금의 '나'를 확인해 보는 구조의 시다.

그리고 이 시의 특징중의 하나는 1행으로 된 제1연과 2행으로 되어 있는 끝연인 제8연의 끝행이 수미상관식 도입과 마무리로 처리되어 있다는 점이다.

그런데 '琴瑟금슬은 구구 비둘기' 라는 첫행은 첫 만남의 첫날밤 금슬이 아니라 지금까지 살아온 부부간의 금슬이 그렇다는 사실인데 말하자면 제2연에서 6연으로 이어지는 첫날밤의 이야기를 끌어오기 위한 유도도입부에 해당한다. 따라서 이 시의 시간구조는 현재(제1연) → 과거(제2연~6연) → 현재(제7연~8연)으로 되어 있는 수미상관의 순환구조요 액자구조다.

액자의 내부인 제2연에서 제6연까지는 신랑 · 신부가 첫날밤을 맞이해서 하룻밤을 보낸 신방 풍경인데 마치 세밀화를 그리듯 상세하게 묘사되어 있다.

특히 이중에서 제6연이 감칠맛이 숨겨져 있어 음미해 볼 만한 연이다. 5연에서 밤새도록 정화를 깨알같이 쏟아냈으니 6연에서는 입을 맞추고 포옹하며 운우雲雨의 정을 나누는 것을 은유적으로 암시하고 있다. "義의의 長劍장검을 찬 王子왕자" 란 표현이 곧 프로이드적 성적 상징을 나타내 주는 은유다. 신랑으로서 남자노릇을 당당히 잘했다는 암시다.

아무튼 이 시가 외형적으로나 내용적으로 보아 전통적 리리시즘의 명편이 될 수 있는 조건은 모두 갖추고 있다. 외형적 조건으로는 '오롯한', '다소곳', '애럿', '스스로워', '살포시', '고즈너기' 등과 같은 순수한 우리말을 적절히 구사하고 있을 뿐만 아니라, 전통혼례의 첫날밤인 점을 고려하여 '~오니까', '~소이다', '~일사', '~고녀' 와 같은 전통적인 어사語辭도 적절히 구사되어 있기 때문이다.

내용적으로는 옆에 있는 아내를 보니 문득 과거의 첫날밤이 떠올랐고 또 그동안 고생하며 살다오다 보니 어느새 늙어버린 아내에 대한 애련한 마음이 들었다는 연민의식과 더불어, 그래도 지금까지 변함없이 금슬 좋게 살아온 것에 대한 충족감이 아린 감동으로 와 닿아 서민생활의 애환을 잘 표현했기 때문이다.

사족으로서 욕심을 부려본다면 '금슬' 의 상징으로 '비둘기' 가 나왔는데 시의 분위기를 보아 그 대신 '원앙' 이 나왔다면 금상첨화가 아니겠는가 싶다.

미천한 한 머슴의 모범적 삶이 주는 감동
— 고은의 〈머슴 대길이〉

머슴 대길이 _ 고은

새터 관전이네 머슴 대길이는
상머슴으로
누룩도야지 한 마리 번쩍 들어
도야지 우리에 넘겼지요.
그야말로 도야지 멱 따는 소리까지도 후딱 넘겼지요.
밥 때 늦어도 투덜댈 줄 통 모르고
이른 아침 동네 길 이슬도 털고 잘도 치워 훤히 가리마 났지요.
그러나 낮보다 어둠에 빛나는 먹눈이었지요.
머슴 방 등잔불 아래
나는 대길이 아저씨한테 가갸거겨 배웠지요.

고은(高銀) _ 전북 군산 출생(1933~). 본명 은태銀泰. 『현대문학』에 시 〈봄밤의 말씀〉 〈눈길〉 〈천은사운天隱寺韻〉(1958. 11) 등이 추천 완료되어 등단. 시집 《피안감성》(1960) 《해변의 운문집》 《부활》 《제주도》 《입산》 《새벽길》 《조국의 별》 《마침내 시인이여》 《전원시편》 《시와 현실》 《남과 북》 《고은시전집》 등과 서사시 《만인보》 《백두산》 외에 《고은전집》, 소설, 평론 등 120여 권의 저서 상재. 유네스코 세계시아카데미 회원.

그리하여 장화홍련전을 주룩주룩 비 오듯 읽었지요.
어린 아이 세상에 눈 떴지요.
일제 36년 지나간 뒤 가갸거겨 아는 놈은 나밖에 없었지요.
대길이 아저씨더러는
주인도 동네 어른도 함부로 대하지 않았지요.
살구꽃 핀 마을 뒷산에 올라가서
홑적삼 큰아기 따위에는 눈요기도 안 하고
지게 작대기 뉘어 놓고 먼데 바다를 바라보았지요.
나도 따라보았지요.
우르르르 달려가는 바다 울음소리 들었지요.
찬 겨울 눈더미 가운데서도
덜렁 겨드랑이에 바람 잘도 드나들었지요.
그가 말했지요.
사람이 너무 호강하면 저밖에 모른단다.
남하고 사는 세상인데
대길이 아저씨
그는 나에게 불빛이었지요.
자다 깨어도 그대로 켜져서 밤 새우는 불빛이었지요.

해설과 심층분석

이 시 〈머슴 대길이〉는 고은 시인의 연작시집 《만인보萬人譜》 제1권

(1986)에 수록되어 있는 작품이다. 시의 성격은 특정인을 대상으로 하는 실명의 인물시요, 이야기체의 서술시이며, 시의 화자로 보면 소년 시절의 회상시이다. 그리고 일반 서정시와 대비해 보면 리얼리즘의 시에 해당한다.

먼저 이 시를 읽는 독자를 위해 그가 시골 출신이 아니거나 또 일제하에서 소년기를 보내지 않은 사람이라면 좀 이해가 잘 안 될 수 있는 용어들이 제1연에서 나온다 싶어 그 풀이부터 해두기로 한다.

'새터' 는 시골에서 거의 고유명사화 되어 있는 지명이다. 종전부터 있어 왔던 옛 마을과는 대칭되는 개념으로 새 곳에 터를 잡아들어선 집들이 있는 곳이란 뜻이다.

'상머슴' 은 성인이 된 장정 머슴을 일컫는데 큰 머슴이라 부르기도 했다. 그 다음이 중간쯤이라는 뜻의 중머슴이 있었는데, 청년 또래의 나이였다. 그리고 제일 어린 머슴이 꼴머슴이다. 소년기의 나이로서 소꼴을 먹이러 다니거나 소꼴을 베어 나르는 일종의 잔심부름꾼이다.

지난 날 시골에서 잘 사는 부농의 집에서는 이런 세 사람의 머슴을 두고 있는 집도 있었다. 이 시의 관전이네 집에도 이 정도의 머슴은 있었다고 상상된다. '누룩도야지' 는 '누룩돼지' 의 사투리다. 이런 돼지는 술을 거르고 남은 술지게미로 키운 돼지를 일컫는데 일반 다른 먹이로 기른 돼지보다는 훨씬 살이 찌다. 그래서 사람도 살이 쪄 뚱뚱하면 '누룩돼지' 라고 빈정댔다. '먹눈' 은 원래 '소경' 을 말하는데, 글을 잘 모르는 무식한 '까막눈' 의 사람을 지칭하기도 한다.

이 시에서 머슴 대길이는 비록 까막눈이긴 하지만 한글 정도는 깨우친 사람으로 나온다. '가갸거겨' 는 한글의 속칭이요 별칭이다.

그리고 주인공 '대길' 이란 이름도 암시하는 바 있고 또 이 글의 결론 부분과도 연관을 지을 수 있어 풀이해 본다. 한국의 전통사회에서는 가난한 서민이나 하층민일수록 자식들의 이름을 지을 때 그 뜻에 큰 욕심을 부렸다. 이는 곧 나의 대에서는 비록 천민처럼 살지만 너의 대에서만은 한 번 잘 살아 보라는 간절하면서 서러운 소망과 소원의 표시였다. 천석꾼이나 만석꾼인 큰 부자가 되어 달라고 천석千石이요, 만석萬石이다. 또 복 받는 사람이 되라고 복남福男이요, 칠복七福이었다. 이런 맥락에서 '대길' 의 한자명은 앞으로 크게 길한 사람이 되어 달라는 뜻의 '大吉대길' 임은 틀림없다.

이 시는 이야기체인 만큼 주인공이 있고 보조의 부주인공이 있다. 주인공은 피관찰자로서 동네 친구네 집의 머슴 대길이고, 관찰자는 시적 화자로서 소년이었던 '나' 이다. 그리고 두 사람 사이에 있었던 여러 일들도 언급되고 있다.

이 시 전체에 나타나 있는 머슴 대길이의 인간상은 제 1연에서 보면, 힘이 세다. 불평을 모르는 넉넉함과 참을성의 소유자다. 자기가 할 일이 아닌데도 이른 아침부터 동네 길을 말끔히 치워 놓으니 부지런하고 이타利他를 할 줄 아는 사람이다. 먹눈이지만 한글은 깨우치고 있기에 완전 먹눈은 아니다.

2연에서는 이런 그이기에 주인이나 동네 사람들에게 괄시를 받거나 무시당하지 않는다. 또 나이는 좀 들었지만 아직 장가는 가지 않은 총각임은 분명하다. 장가를 들었다면 저녁으로 자기 집에 당연히 가서 자겠지만 밤에 머슴방에 기거하는 걸 보아 미혼이다. 그런데도 총각들이 내보일 만한 행동을 보일 법한데, 그는 일절 하지 않는다. 즉 뒷산에 올라와 있는 동네 처녀 따위엔 일부러 아예 관심을 보이지 않는 대신, 먼 수평선 너머의 세계도 상상해 보며 마치 현재의 서럽다 싶은 자기 처지의 마음을 달래기라도 하는 듯하는 '바다 울음소리' 를 들으며 미래의 자기 인생이나 꿈만은 꾸어 본다.

3연에서는 가난해서 겨울철인데도 변변한 따뜻한 옷을 입고 지내는 처지가 아니다. 그런데도 호의호식하며 호강하고 사는 사람들을 원망하거나 부러워하지 않는다. 남하고 어울려 사는 세상인데 너무 호강하면 자기 밖에 모르는 이기적인 사람이 된다는 점을 경계하고 그런 점을 나에게도 일깨워 준다.

이렇듯 주인공 대길이의 인물됨이나 품성은 나무랄 데가 없다. 모범적이다. 소외당하고 천대 받을 수도 있는 머슴의 신분인데도 매우 긍정적인 인간형의 모습을 과부족 없이 보여주고 있다. 요약해 보면 성실하고 너그럽고, 다른 사람들을 이롭게 봉사도 하고, 공동체 사회에서 더불어 살 줄도 알고 있다. 자칫 미천한 신분이라 가진 자를 욕하거나 반대로 선망의 눈으로 바라다보거나 아니면 신세 한탄도 할 수 있는데 일절 그런 기미가 없다. 그래서 이 시가 더 감동적일 수 있다.어쩌면 이런 민초들의 힘이 있었기에 오랜 세월에 걸친 민족 수난의 시대를 잘 극복했는지도 모른다.

그렇다면 이 시에서 관찰된 머슴 대길이 아저씨의 인간상이 이렇다면, 이제는 이의 관찰자인 '나' 와 그와의 관계는 무엇일까. 첫째는 1연에서 밤에 머슴방에 놀러간 나에게 한글을 깨우치게 해 준 선생님이나 다름없다. 둘째는 3연에 나오듯 "사람이 너무 호강하면 저밖에 모른단다./ 남하고 사는 세상인데" 를 가르쳐준 인생의 교사였다. 그래서 마지막 4연에서 "대길이 아저씨/ 그는 나에게 불빛이었지요./ 자다 깨어도 그대로 켜져서 밤새우는 불빛이었지요" 라고 공경해 마지않으며 찬미하고 있는 것이다. 어린 나였지만 일찍부터 인생을 앞으로 어떻게 살아야 한다는 점을 그에게서 어렴풋이나마 배웠다는 사실을 암시하고도 있다.

그래서 이 시를 해설한 어느 글에서 시의 화자적 측면에서 보아 '성장시成長詩' 라 했는지도 모른다. 그러나 엄밀히 말해 '성장의 시' 가 아니라 깨달음 즉 '개안開眼의 시' 또는 '깨우침의 시'라 해야 옳다. 전문적인 비평용어로 '성장成長 소설' 또는 '발전發展 소설'이란 장르가 있다면, 그 상대개념의 장르로 '성장의 시'라는 것도 있을 수는 있다. 그렇다면 이 범주에 드는 시건 소설이건 그 주인공의 나이는 청년기이며, 그 내용은 청년기의 한 인물이 인생수업을 통해 자기와 외계(세상)와의 관계에서 점차 자기(자아)를 확립해 가는 과정의 세계이다. 그 아래 단계가 이른바 '개안소설' 또는 '각성소설'이란 장르가 나오는데 주인공은 소년이고, 그 내용은 미성년의 어린 소년 주인공이 처음으로 어른 사회의 그 무엇을 경험하여 무지無知에서 깨달음으로 나가는 과정이다. 그렇다면 '성장의 시'가 있을 수 있듯 '깨달음' 다시 말해 '개안의 시'도 있을 수 있다.

따라서 이 시의 내용이나 기타의 정황으로 보아 이 시는 '성장의 시'가 아니라 '개안의 시'라 해야 사리에 맞다. 앞에서 언급됐듯 어린 소년의 나이에 머슴 대길이를 통해 처음으로 '가갸거겨'를 알게 되었고 또 어렴풋이 세상 사는 법도 얻어 들었던 점, 그리고 간접적으로는 그로부터 너그러움의 참을성과 부지런함 등을 배울 수도 있었던 점을 고려해 보아 '개안의 시'라 해야 함은 너무나 당연하다. "어린 아이 세상에 눈떴지요", "그는 나에게 불빛이었지요"란 말을 의미심장하게 해석하고 받아들일 필요가 있다.

그래서 상상해 보건대 주인공 대길이가 후일도 계속 현재 살고 있는 곳에 살았건 또 아니면 일하다 여유 시간이 나면 수평선도 바라다도 보았다는 점을 기표로 삼아 그 마음 상태의 지향점을 미루어 해석해 보아 외지로 나가서 살았건 간에 그는 그 나름으로 성공적인 인생을 살았으리라 본다. 그 진위 여부의 후일담은 이 시가 실명시인 만큼 그를 잘 알고 있는 시인에게서만 그 해답을 얻을 수밖에는 없다. 다시 한 번 더 상상해 보건대 그는 그의 이름 大吉대길이란 이름값만은 분명 했으리라 본다.

아무튼 이 시는 지금껏 알아보았듯 복합적이다. 주인공과 부주인공이 상대편에 상호 교호交互 작용의 관계를 맺고 있다. 주인공으로 보면 시적 화자 눈에 비친 실명시요, 시적 화자로 보면 '개안의 시' 가 된다.

한 마디 첨언하면 교과서에 실린 시의 해석에 엉터리가 제법 많다는 것을 발견도 했다. 이 시 역시 고교 문학 교과서에 수록된 시이다. 고교의 국어교사나 대입 학원 강사의 시 해설이나 해석은 물론 심지어 일부 현대시 담당의 교수의 글에서도 제법 오류가 발견되고 있다.

그런 의미에서 나는 이 시를 일부러 선택하여 새로운 해설도 보충해둘 겸 약간 새롭거나 올바른 해석도 시도해 보고자 했음을 밝혀둔다.

팔려가는 소 그리고 가난한 농촌현실의 비가悲歌

— 박이도의 〈소시장에서〉

소시장에서 _ 박이도

가난을 풀어 가는 길은
너를 소시장에 내놓는 일이다
한숨으로 몇 밤을 지새고
작은 아들쯤 되는 너를 앞세우고
마을을 나선다
너는 큰 자식의 학비로 팔려 간다

왁자지껄 막걸리 사발이 뒹군다
소시장 말뚝만 서 있는 빈 터

박이도(朴利道) _ 평북 선천 출생(1938~). 호는 석동石童. 경희대학교 국문학과 졸업, 동 대학원 수료. 문학박사. 1962년 『한국일보』 신춘문예에 시 〈황제와 나〉가 당선되어 등단. '신춘시新春詩' 동인. 시집 《회상의 숲》《북향》《폭설》《바람의 손끝이 되어》《불꽃놀이》《빛의 형상》《안개주의보》《약속의 땅》《을숙도에 가면 보금자리가 있을까》《빛과 그늘》《자연학습》《어느 인생》 등 상재. 대한민국문학상(1991) 외 수상 다수.

찬 달빛이 무섭도록 시리다
헛기침 같은 울음으로
새 주인에 끌려 가던 너의 모습
밤 사이 이슬만 내렸다

우리집 헛간은 적막에 싸이고
아들에게 쓰는 편지글에
손이 떨린다

소시장에서 울어 버린
뜨거움
아들아, 너는 귀담아 들어라
오늘 우리 집안의 이 아픔을

해설과 심층분석

박이도 시인의 시 〈소시장에서〉는 지난날 가난한 농촌현실의 한 단면을 잘 표상해 주고 있다.

전체 4연으로 되어 있는 이 시는 시작과 끝이 분명하다. 시골장이 서는 어느 여름 하루, 한 농부에게 일어났던 일을 시간대별로 일목요연하게 구성해 놓고 있다.

제1연은 큰 자식의 학비 때문에 소를 팔려고 나서는 장면 → 제2연은 파장 이후 을씨년스런 소시장의 밤풍경 → 제3연은 한 잔 술을 걸치고 밤늦게 집에 돌아와 비어 있는 외양간을 쳐다보며 아들에게 편지를 쓰려고 하는 행위 → 제4연은 바로 오늘 소시장에서 순간 울어버렸던 일을 생각하며 그 편지글에서 아들에게 당부의 말을 남기는 것으로 마무리하고 있다.

물론 이 시에서는 직접 명시되어 있진 않지만 추측컨대 이 농부에게는 두 아들이 있다. 1연에 나오는 '큰 자식', '작은 아들 쯤 되는 너' 란 말에 나오는 '큰', '작은' 이란 관형사에 유의해 보면 쉽게 그런 추측이 가능하다. 큰 아들은 대학생쯤이 될 것이고, 작은 아들은 중고생 정도는 되리라 상정해 볼 수 있다. 왜냐하면 소까지 팔아가며 학비 또는 등록금을 마련해야 될 정도라면 분명 대학생임에는 틀림없고 또 '작은 아들쯤 되는 너' 란 말을 깊이 음미해 보면 겉으로는 소와 나 사이에는 혈육관계 같은 깊은 정도 있다는 뜻이지만 내포적 뜻은 나이도 그 정도 즉 십수 년의 나이가 된다는 함의를 지니고 있다 할 수 있다.

그리고 소를 내다 파는 문제를 두고 일어났던 농부의 심정의 파고波高는 직접적인 표현 즉 1연에 나오는 '한숨으로 밤을 지새고' , 2연에 나오는 '헛기침 같은 울음', 3연에 나오는 '손이 떨린다', 4연에 나오는 '울어버린 뜨거움', '이 아픔' 등에서 그런 점이 잘 나타나고 있지만, 이보다 더 중요한 것은 이런 심정을 객관적 상관물을 통해 정서적 호응을 시키고 있다는 점에서 이 시가 더욱 시적으로 승화될 수 있다는 사실이다. 2연의 "소시장 말뚝만 서 있는 빈 터/ 찬 달빛이 무섭도록 시리다" 에서 '빈 터' 는 곧 농부의 쓸쓸한 마음을 표상해 주는 객관적 상관물이며, 바로 그 다음에 나오는 '찬 달빛' 은 농부의 시린 마음 풍경을 동시적으로 나타내 주는 객관적 상관물로써 은유의 도입이다. 그리고 역시 2연 끝 행에 나오는 "밤 사이 이슬만 내렸다" 는 부분도 농부의 눈물을 간접 설명해 주는 객관적 상관물의 예다.

따라서 이 시는 사건진행 구조는 단순하지만 직접적으로는 농부의 심정이나 심리세계를 표출시켜 줌과 동시에 간접으로는 그런 심정과 조응되는 외부적인 정황이나 풍경을 적절히 이용하고 있다는 점에서 이 시의 격이 한 차원 더 높아질 수 있었다.

뿐만 아니라 맨 마지막 연도 각별히 음미해 볼 만하다. 도대체 "소시장에서 울어 버린/ 뜨거움"이란 의미는 무엇일까? 그것은 자식처럼 여기던 소가 팔려감에 따라 진한 애정에서 울컥 솟아난 육친의 정 같은 '뜨거운 눈물'을 말한다. 그리고 그것을 다시 생각해 보니 곧 가슴이 아파온다. 그래서 "아들아, 너는 귀담아 들어라/ 오늘 우리 집안의 이 아픔을"이라고 편지에 적고 있다. 이 부분은 바꾸어 말해 소를 팔아가며 공부를 시키니 더욱 공부를 잘해서 내 대에는 그렇다 치더라도 네 대에서는 이런 가난의 아픔이 되풀이 되어서는 안 된다는 충고의 말이기도 하다.

그래서 다시 이 시의 주제로 돌아가 보면 '소'란 전통 농촌사회에서는 논밭 다음에 오는 한 집안의 큰 재산 목록이다. 더욱이 '작은 아들쯤 되는 너'인 소를 학비 때문에 부득이 내다 팔 수 밖에 없으니 가슴이 미어지고 또 그 가난이 한스럽지 않을 수 없다는 것이 곧 주제이다.

이 시를 읽으며 나는 문득 지난 시절의 유행어 '우골탑牛骨塔'이란 말이 생각났다. 소 판 등록금으로 대학건물들이 세워졌던 것을 두고 했던 말인데 가난했던 그런 시절이 슬픔처럼 떠오른다.

자기 삶의 흔적에 대한 상상, 여운과 겸손 돋보여

– 신중신의 〈내 이렇게 살다가〉

내 이렇게 살다가 _ 신중신

내 이렇게 살다가
한여름 밤을 뜨겁게 사랑으로 가득 채우다
모두들 돌아간 그 길목으로 돌아설 땐
그냥 무심코 피어날까.
저 노을은 그래도 무심코 피어날까.

그러면 내 사랑은
무게도 형체도 없는 한 점 빛깔로나 남아서
어느 언덕바지에

신중신(愼重信) _ 경남 거창 출생(1941～). 1962년 서라벌예술대학 문예창작과 졸업. 이해 11월 제4회 『사상계』 신인문학상에 시 〈내 이렇게 살다가〉 외 2편이 당선되어 등단. 시집 《고전과 생모래의 고뇌》《투창》《빛이여, 노래여》《낮은 목소리》《모독》《바이칼 호에 와서》《카프카의 집》《아름다운 날들》 등과 다수의 시선집, 수필집, 장편소설, 인문학 저서 등 26권 상재. 대한민국문학상(1989), 한국시인협회상(1994) 외 수상 다수.

풀잎을 살리는 연초록이라도 되는가.

밤새워
바늘 구멍으로 세상을 들여다보던
우리 엄마는
죽어서 바늘 구멍만한 자리라도 차지할까.

가을은
졸음이 육신 속을 스며들듯
나를, 시들은 잔디 사이
고요한 모랫길로 끄을고 가는데
끄을려 가는 발자국에 진탕물이라도 고여
내가 지나간 표지라도 되었으면…

꽃은 시들어
우리의 기억을 살리는 다리가 되나
땅 속에 묻혀드는
한 가닥 향기로나 남아 있나.

살아서 이 세상을 가득 채우는 모든 것이 되어
죽어서 모두들 돌아간 그 길목으로 돌아서면
가을밤 하늘에
예사로 하나 둘 별이 돋을까.

무심코 별은 빛날까.

해설과 심층분석

신중신 시인의 시 〈내 이렇게 살다가〉는 1962년 『사상계』 신인상에 당선된 문단 데뷔작이요 출세작이다. 우리 나이로 22살 때의 작품임을 생각해 보면, 시란 원래 나이나 또는 학력과는 큰 상관없이 오로지 타고난 자질과 능력 그리고 뛰어난 감수성만 있으면 족하다는 한 반증이 된다. 이 시는 데뷔 10년 만에 내놓은 첫 시집 《고전과 생모래의 고뇌》에 수록되어 있다.

시의 내용은 살아 있는 지금의 일과 그 흔적의 결과가 지금 곧 무엇으로 나타날 것인가를 가정도 해 보고 또 앞으로 있을 수 있는 살아생전의 일들까지 가정해 보며 사후에 그 결과가 어떤 흔적으로 남을 것인가를 상상해 보고 있다.

말하자면 인생론적 명상시다. 새파란 22살의 청년 시인으로 이런 시를 쓸 때의 심정의 밑바닥에는 현재의 삶은 물론 앞으로 있을 미래의 삶에 대한 약간의 불안심리도 깔려 있다는 짐작도 간다. 우선 이런 내용의 이 시는 무엇보다도 시의 문체가 부드럽고 여운이 있어 좋다.

1연에서 '피어날까' 라는 종결 어미의 두 번 반복, 3연에서는 '차지할까' 가 나오고, 6연에서는 '돋을까' '빛날까' 가 나오는데, 이는 곧 반신반의의 가정이나 상상을 해 보는 의문의 제기라 여운 효과를 내고 있다. 그리고 여기에다 2연에 나오는 '되는가' 와 5연에 나오는 '되나' 와 '있나' 도 완곡한 의문으로 처리되어 있어 문체가 부드럽다.

그럼 이 시에 대한 이 정도의 이해를 갖고 먼저 구성과 그 전개를 알아보기로 한다. 전체 28행 6연으로 구성되어 있는데 대체적으로 긴 시에 속한다. 시의 계절상의 배경은 여름과 가을이다. 1연에서 3연까지의 배경은 여름이고, 4연에서 6연까지는 가을로 반반씩 배분되어 있다.

그리고 '나' 라는 시적 화자가 자기의 삶과 그 존재 가치에 대한 생각들을 1연과 2연 그리고 4연과 끝연인 6연에서 펴 보이고 있는데 단, 진행이나 구성의 단조로움을 피해 보기 위해 3연에서 그 대상을 '어머니' 로 또 5연에서는 '꽃' 으로 확대해 보고 있다. 크게 보면 이는 주된 지배 이미저리를 보충해 주는 보조 이미저리에 속한다. 이를 연별로 구체적으로 설명해 본다.

제 1연에서는 자기의 사랑 이야기를 먼저 꺼내보고 있다. 그 사랑의 흔적이 소박한 축복이라도 받듯 지금 시인이 쳐다보고 있는 "저 노을은 그래도 무심코 피어날까" 라고 상상해 보고 있다.

제 2연에 와서는 그것을 다시 부연 설명해 보고 있다. 그 흔적이 "어느 언덕바지에/ 풀잎을 살리는 연초록이라도 되는가" 라고 상상의 의념을 품어도 본다.

제 3연에서는 문득 생각이 어머니에게로 미친다. 평생을 바느질만 하던 어머니가 사후에 그 삶의 흔적으로라도 "죽어서 바늘 구멍만한 자리라도 차지할까" 라고 상상해 본다. 이는 자식으로서 고단한 삶을 살고 있는 어머니에 대한 연민의 정을 나타냄과 동시에 비록 사후의 일이긴 하지만 낮춤을 통한 겸손의 미덕을 살리고 있는 수사법이라 감동의 울림이 크다.

제 4연은 위의 여름에서 배경이 가을로 바뀐다. 모랫길을 걷고 있는데 그 "발자국에 진탕물이라도 고여/ 내가 지나간 표지라도 되었으면" 하는 소망과 기대도 해 본다. 여기서는 자기 낮춤의 겸손성이 보이고 있다.

제 5연에서는 그 대상이 이젠 꽃으로 바뀐다. 꽃은 시들어 없어지지만 그 흔적으로 "땅 속에 묻혀드는/ 한 가닥 향기로나 남아 있나" 라고 상상도 해 본다.

마지막 제 6연에서는 살아 있을 때 앞으로 충실한 완성된 삶을 살고 보면, 사후에 그 흔적으로 "가을밤 하늘에/ 예사로 하나 둘 별이 돋을까./ 무심코 별은 빛날까" 하고 상상해 본다.

그러고 보면 이 시는 여름과 가을이란 두 계절을 배경으로 하여 자연이나 자연사물을 매개로 하여 현재나 사후의 자기 존재성의 흔적이 과연 무엇일까를 상상해 본 명상시라는 결론에 이른다.

그리고 이 시의 장점이라면, 앞에서 언급해 본 바와 같이 시적 문체의 여운성과 부드러움 그리고 내용에서 보여주는 낮춤의 겸손미학이라 할 수 있으리라 본다.

전통적 여성심리의 애절한 연정의 형상화
— 유안진의 〈서리꽃〉

서리꽃 _ 유안진

손발이 시린 날은
일기日記를 쓴다

무릎까지 시려 오면
편지를 쓴다
부치지 못할 기인 사연을

작은 이 가슴마저
시려 드는 밤이면
임자 없는 한 줄의

유안진(柳岸津) _ 경북 안동 출생(1941~). 서울대학교 졸업. 미국 플로리다주립대 대학원에서 박사학위 취득. 1965년 『현대문학』에 시 〈달〉 〈위로〉 〈별〉 등이 추천 완료되어 등단. 시집 《달하》 《절망시편》 《물로 바람으로》 《영원한 느낌표》 《누이》 《봄비 한 주머니》 《다보탑을 줍다》 《알고考》 《등근 세모꼴》 등 20여 권 상재. 《지란지교를 꿈꾸며》 외 산문집 다수. 정지용문학상, 소월문학상 외 수상 다수. 대한민국예술원 회원.

시詩를 찾아 나서노니

사람아
사람아
등만 뵈는 사람아

유월에도 녹지 않는
이 마음을 어쩔래
육모 서리꽃
내 마음을 어쩔래.

해설과 심층분석

유안진 시인의 시 〈서리꽃〉의 주제는 한 남성에 대한 한 여인의 애타는 절절한 사랑의 호소다. 이것은 어쩌면 외부의 행동으로 표현 못했던 전통적 한국 여성들의 내면에 응결되어 있던 가슴앓이와도 상통한다.

이런 내용과 주제의 구성은 작은 화소에서 차츰 큰 것으로 확대되어 가는 단계별의 점증식이다. 특히 1연에서 3연까지가 그렇다. 그 애타는 심정을 '시린' 이란 비유적 어사로 몸의 언어로 나타내고 있는데, 1연에서는 손발이, 2연에서는 무릎이, 3연에서는 가슴이 동원되며, 그 허전한 마음을 가눌 길 없어 1연에서는 일기를 써 보고, 2연에서는 부치지 못할 긴 사연의 편지를 쓰고, 3연에서는 위안이 될 만한 한 줄의 시를 찾아본다(지어본다)는 것이다. 그러고 보면 시림이 손발-무릎-가슴으로 점점 강하게 전해져 오고 또 그 점증의 정도에 따라 처음 일기 쓰기-편지 쓰기-시 쓰기로 일단락되며, 동시에 그런 시림의 강도도 낮에서 밤으로 바뀔 때는 더 강렬해지고 있다.

드디어 4연과 5연은 3연에서 임자 없는 시를 찾아나서 본다고 했으니 바로 자기 심정 고백이나 토로로써 종결된다. "사람아/ 사람아/ 등만 뵈는 사람아// 유월에도 녹지 않는/ 이 마음을 어쩔래/ 육모 서리꽃/ 내 이름을 어쩔래" 하고 혼자 애소의 마음을 적어 보고 있다.

그리고 1연, 2연, 3연에서는 손발과 무릎 그리고 가슴이 시렸지만, 5연에서는 드디어 이보다도 더해 마음까지 서리꽃처럼 얼어붙어 있다고 했으니 이도 결국은 점증식 기법의 차용이고 그 운용이다.

그러고 보면 시적 화자가 생각하고 있는 그 상대는 참으로 나에겐 무정하고 무심한 사람이다. 사람으로서 어찌 나에게 등만 보일 수 있느냐는 욕구불만의 앙탈에서, '당신' 이나 '그대' 란 표현 대신 '사람아' 하고 세 번이나 반복하고 있는 그 심정, 그 의도를 독자들은 충분히 이해할 수 있다. 그래서 끝연 5연에서 그 무심함을 두고 애교 어린 항의마냥 사랑이나 관심의 온기가 없어 이제는 시림이 아니라 얼어붙어 있는 내 마음과 또 서리꽃이 되어 있는 내 이름을 '어쩔래' 하고 두 번이나 다그쳐 보고 있는 것이다.

한 마디로 무슨 일이건 외부로 표출하지 못하고 노상 가슴앓이만 하던 전통적 한국 여성의 모습 일면을 보는 것 같다. 아마 요즘 유행하는 가사식 표현을 빌려본 현대여성의 입장에서라면 "너가 나에게 등을 돌리고 있다면/ 나도 등을 돌리지" 쯤은 되리라 본다.

한 장인匠人의 애끓는 사모의 정의 시적 승화

– 문효치의 〈무령왕비의 은팔찌〉

무령왕비의 은팔찌 _ 문효치

– 多利다리의 말

왕비여 여인이여
내가 그대를 사모하건만
그대는 너무 멀리 계십니다

같은 이승이라지만
우리의 사이에는 까마득히 넓은 강이 흐릅니다

그대를 향해서 사위어지는 정한 목숨

문효치(文孝治) _ 전북 군산 출생(1943~). 동국대학교 국문과 졸업, 고려대 교육대학원 수료. 1966년 「한국일보」 신춘문예에 시 〈산빛山色〉과 「서울신문」 신춘문예에 시 〈바람 앞에서〉가 당선되어 등단. 시집 《연기 속에 서서》 《무령왕의 나무새》 《백제 가는 길》 《선유도를 바라보며》 《남내리 엽서》 등과 시선집 《백제 시집》 외 저서 《시가 있는 길》 《문효치 시인의 기행시첩》 등 상재. 펜문학상 외 수상 다수. 한국문인협회 이사장.

내가 만드는 것은 한낱 팔찌가 아니라
그대에게 달려가려는 내 그리움의 몸부림입니다

내가 빚은 것은 한낱 용의 형상이 아니라
그대에게 건너가려는 내 사랑의 용틀임입니다

비늘 하나를 새겨 넣고
먼 산 보며 한숨 집니다
다시 발톱 하나 새겨 넣고
달을 보며 피울음 웁니다

내 살을 깎아 용의 살을 붙이고
내 뼈를 빼어내어 용의 뼈를 맞춥니다

왕비여 여인이여. 그대에게 날려 보내는 용은
작은 손목에 머무르지 않고
그대 몸뚱이에 휘감길 것이며
마침내 온몸 구석구석에 퍼져 스며들 것이며
그러다가 지쳐 쓰러지더라도
파고 들 것이며 파고 들어 불탈 것이며
그리하여 저승의 내정內庭까지도
파고 들어갈 것이며…

왕비여 여인이여
내가 그대를 사모하는 것은
그대 이름이 높으나 높은 왕비여서가 아니라
다만 그대가 아름다워서일 뿐
눈이 시리게 아름다워서일 뿐입니다

해설과 심층분석

문효치 시인은 오랜 기간에 걸쳐 지속적으로 '백제시편' 이라 할 수 있는 테마시를 써왔다. 단적으로 우선 시집명만 보아도 쉽게 알 수 있다. 제2시집 《무령왕의 나무새》, 제3시집 《백제의 달은 강물에 출렁거리고》, 제4시집 《백제 가는 길》, 제8시집 《계백의 칼》, 제9시집 《왕인의 수염》, 제10시집 《칠지도七支刀》 등에 그런 점이 잘 드러나 있다.

한 마디로 백제의 정신을, 백제의 문화나 문물을, 백제인의 생활을 재생이나 부활시켜 보려고 열정을 기울여 본 시인은 그와 비견해 볼 만한 시인이 달리 없다. 민족의 정신 유산이나 문화유산을 오늘에 되살려내 보자는 그 뜻이 남다르다.

여기 소개하는 〈무령왕비의 은팔찌〉 역시 이런 '백제시편' 중의 하나다. 이 시인의 시선집 《대왕암 일출》(2014)중 '백제시편' 에서 뽑아보았다. 이 작품에서는 두 인물이 나온다. 시의 화자인 '나' 와 상대역인 무령왕비다. 물론 다 같은 시대의 실존인물들이다. 이 용장식 은팔찌에는 장인 多利[다리]의 이름과 왕비를 위해 만들었다는 글귀가 새겨져 있다. 이런 조그마한 팔찌에 직접 제작년도와 제작자의 실명을 밝혀 놓은 것은 이것이 유일하다 한다. 왕비가 죽기 6년 전에 만들어져 생시에 왼쪽 손목에 찼던 것으로, 무령왕릉 왕비의 나무널에서 발견되었다. 화려함의 극치라 평가받고도 있다.

결국 이 시는 이런 사실을 모티브로 시적 상상력을 발휘하여 쓴 것이다. 어느 기록을 보니 주인공 '다리'는 그 당시 백제에서 최고로 가는 금속 세공기술을 가졌다 한다. 그러기에 그에게 이 장신구 제작이 맡겨졌던 것이라 본다. 제작하는 과정에서 다리도 한 남성으로서 왕비에 대해 여러 상상을 펼칠 수 있는 개연성은 매우 높다.

이 시의 내용을 보면 한갖 세공 기술자에 불과한 그가 지체 높은 왕비를 짝사랑하는 연모의 정이 가련하다 싶을 정도로 처절하다. 그것은 상사병의 열병이요 짝사랑의 가슴앓이다.

이는 물론 설화나 야사에 나오는 이야기가 아니다. 상상컨대 일개 세공장인의 이름이 왕비의 장신구에 이름이 새겨져 있다는 이 사실이 무엇보다도 예사롭지 않다. 그러기에 이 시인도 이 사실에 착목하여 이 시를 구상했으리라 본다.

나는 이 시를 읽으며 문득 19세기 영국 낭만주의 시인 죤 키츠가 떠올랐다. 그의 시 중에 '희랍 고병에 부치는 송가'란 명시가 있다. 그 항아리에 그려진 아름다운 그림에 영감을 얻어 무한한 상상력으로 키츠가 그 시를 썼듯, 문효치 시인도 왕비의 장신구였던 은팔찌에서 영감을 얻어 자기 나름의 상상력을 발휘해 본 것이다.

그런데 영감을 얻은 것은 그렇다 할지라도, 이 시에 나오는 왕비와 그 세공장인 다리를 생각해 보면 과연 어떻게 그와 같은 착상과 구상을 하게 되는가를 한 번 생각해 볼 필요가 있다. 십중팔구 문득 선덕여왕과 지귀의 설화가 떠올랐으리라 본다. 즉 상사병의 모티브를 세공과정의 은팔찌를 통해 형상화시켜 보자는 것이 이 시 창작의 동기였다고 볼 수 있다.

설화와 이 시 사이에는 그 유사성이 제법 많다. 지체 높은 여왕과 왕비에 대한 낮은 신분의 사나이들의 짝사랑 그리고 사랑병이 들어 쇠약해져 쓰러져 자고 있는 지귀의 가슴에 금팔찌를 빼어 가슴에 얹어준 선덕여왕, 이와는 반대지만 오로지 왕비를 생각하며 병이 들어 사위어 가는 몸으로 은팔찌를 제작하는 다리의 모습이 바로 그렇다. 선덕여왕과 지귀의 경우가 지난 시대의 설화라면, 이 시는 오로지 시적 상상력으로 구성해 본 현대판 설화라 정의해도 좋을 듯 싶다.

그럼, 시의 구성이나 내용을 알아보자.

먼저 이 시에는 "왕비여 여인이여"라고 부르는 호격형 시구가 세 번 나온다. 그것은 절절한 사랑 마음의 호소요 애소다. 이렇게 시작하여 전개되는 내용을 간추려 정리해 보면 다음과 같다. 내가 그대를 사모하곤 있지만 둘 사이의 거리가 서로 너무 멀리 떨어져 있다는 현실 파악과 인식— 비록 같은 이승에 살고 있긴 하지만 둘 사이에는 건널 수 있는 넓은 강이 흐른다는 현실 확인(이때의 강은 뒤에 나오는 은팔찌의 용과 관련 있는 이미지)— 사위어가는 몸으로 팔찌를 만드는 일은 그대에게 달려가고픈 내 그리움의 몸부림— 세공하고 있는 팔찌의 용 형상은 바로 그대에게 건너가려는 내 사랑의 용틀임이라는 등의 고백적 진술이 순서에 따라 소개되어 있다.

그 다음은 비유해서 말해 보면 용의 큰 그림에서 작은 부분 그림이 나온다. 비늘 새겨 넣음과 한숨 지음 —발톱 새김 후의 피울음— 내 살 깎아 용의 살 붙임과 내 뼈 빼어다 용의 뼈맞춤(이는 지극정성을 다한다는 수사법임). 그리하여 다시 두 번째로 "왕비여, 여인이여"라고 불러본다. 세공하여 날려보내는 용은 손목에 걸려있지 않고 그대 몸을 휘감으며 한 몸이 되어야겠다는 바람과 각오 그리고 사후에도 함께할 것이라는 결연한 의지의 표명이 있다.

그 다음 마지막 연에 가서 또 다시 "왕비여 여인이여" 하고 세 번째 호소가 나오면서 시의 화자가 왕비를 그처럼 사모하게 된 이유가 밝혀진다. 지체 높은 왕비여서가 아니라 오로지 아름답기 때문이라는 고백으로 마무리된다.

그러고 보면 순애보가 따로 없다 싶다. 한 남성의 한 여인을 향한 순수한 사모의 정은 과거에도 있었고 지금도 있다. 아니 남녀 인류가 생긴 이후부터 있어온 이야기다. 이 시의 시인도 한 남성으로서 바로 그런 면에 착안하여 이 시를 쓴 것이다. 시적 설화로서 그 은팔찌에다 새로운 생명을 불어넣은 것이다. 그 은팔찌의 용은 이 시의 내용대로라면 다리의 화신이 되어 수없는 세월 동안 무덤에서 왕비와 동거를 해 왔다고나 할까. 아니 은팔찌의 두 마리 용의 용틀임처럼 서로 몸을 휘감고 있었는지도 모를 일이다.

경쾌미와 홍미성의 역설적 자위

— 강인한의 〈귓밥 파기〉

귓밥 파기 _ 강인한

나는 아내의 귓밥을 판다.
채광기처럼 은근히
나는 아내의 귓구멍 속에서
도란거리는 첫사랑의 말씀을 캔다.
더 멀리로는 나에 대한 애정이 파묻혀 있는
어여쁜 구멍
아내의 처녀 적 소문을
들여다보다가
슬며시 나는 그것들을 불어버린다.
아, 한숨에 꺼져 버리는
고운 여인의 은 부스러기 같은 추억.

강인한(姜寅翰) _ 전북 정읍 출생(1944~). 본명 동길東吉. 전북대학교 국문학과 졸업. 1967년 「조선일보」 신춘문예에 시 〈대운동회의 만세소리〉가 당선되어 등단. '목요시' 동인. 시집 《이상기후異常氣候》(1966) 《불꽃》(1974) 《전라도 시인》(1982) 《우리나라 날씨》 《칼레의 시민들》 《황홀한 물살》 《푸른 심연》 《입술》 《강변북로》 《신들의 놀이터》 등과 시비평집 《시를 찾는 그대에게》 상재. 한국시인협회상 외 수상 다수.

해설과 심층분석

강인한 시인의 시 〈귓밥 파기〉는 매우 짧다. 그러나 비록 이렇다 할 뜻 깊은 메시지는 없다 할지라도 경쾌하면서도 주제를 도출해내는 제재 선택과 구성 그리고 거기에 따른 내용이 재미있다.

우선 남편이 아내의 귓밥을 파주는 장면이 정다워 부부의 정이 넘친다 싶다. 그리고 귓밥을 파면서 과거에 아내에게 있었던 일이나 또는 있을 수 있었던 일을 떠올려 보거나 상상해 보는 발상이 흥미롭다. 또 '귓밥파기' 를 통해 아내와의 끈끈한 사랑을 확인해 보는 과정도 감칠맛이 난다.

그러면 먼저 이 시의 내용부터 알아보기로 하자. 아내의 귓구멍 속에서 내가 파악해 본 정보는 단계별로 세 가지로 나타나 있다.

첫째가 "도란거리는 첫사랑의 말씀" 이고, 그 다음이 더 깊은 곳에 파묻혀 있는 '나에 대한 애정' 이다. 그래서 그 귓구멍은 "어여쁜 구멍" 으로 보일 수밖에 없다. 그런데 누구나 인간에겐 상대의 비밀을 엿듣거나 엿보거나 또는 알고자 하는 호기심의 본능이 있기 마련이다. 더욱이 아내에 관한 것이라면 더 말할 것이 없으리라. 그래서 남편인 '나' 는 그런 호기심에서 슬쩍 "아내의 처녀 적 소문" 을 들여다보는 것이 바로 마지막 세 번째의 정보이다.

여기서 중요한 것은 바로 그 다음에 나온 화자의 행위이다. 왜 "슬며시 나는 그것들을 불어버린다" 고 하는가? 우리는 이 '슬며시' 란 말에 특별히 착목할 필요가 있다. 이 말의 시 문맥상의 함의는 모른 체하겠다는 뜻으로 풀이할 수 있다. 굳이 더 알아봐야 지나간 일이니까 부부간의 의만 상할 것이고 또 의심만 불러일으킬 것이 뻔하기 때문이다. "아, 한숨에 꺼져 버리는/ 고운 여인의 은 부스러기 같은 추억" 쯤으로 치부하자는 생각이다. 앞에서 이미 말했듯이 나와 아내와의 관계는 귓밥을 파줄 만큼 화목하다. 그렇기 때문에 귓구멍을 "어여쁜 구멍" 으로, 드러누워 있는 아내는 "고운 여인" 으로 보이고 있는 것이다.

그러나 "아내의 처녀 적 소문" 을 들여다보며 그것을 파내다 보니 순간 '한숨' 이 나왔다. 왜 '한숨' 이 나왔을까? '아' 하고 내뱉는 이때의 '한숨' 은 약간 실망스런 놀람에서 나온 '한숨' 임을 곧 알 수 있다. 그리고 불어버리는 이유는 "아내의 처녀 적 소문" 이 비록 나를 실망시키곤 있지만 지금 금실이 좋은 이상 그냥 모른 체하겠다는 뜻으로 해석할 수 있다.

전체적으로 보아 이 시에서 가장 빛나는 부분이 바로 후반 7행에서 끝행 11행까지이다. 여기에 이 시의 주제 도출의 반전이 자리하고 있다. 그것은 곧 순간의 놀람과 실망에서 나온 '한숨' 이지만 지나간 일은 지나간 일로 하자는 심리적 반전으로써 역설적 자위인 것이다. 사실 '아내의 처녀 적 소문' 이나 비밀을 알게 되어 '한숨' 을 쉬었다면 분명 그 아내는 '고운 아내' 가 아니라 '미운 여인' 으로 또 그런 비밀의 귓밥 부스러기는 설사 색채 비유라 할지라도 결코 '은 부스러기' 일 수는 없는데도 역설적 자위로서 "고운 여인의 은 부스러기 같은 추억" 이라고 마무리하고 있는 것이다.

여기에 이 시의 주제가 있다. 사실 실생활의 부부 사이라면 귓밥을 파 줄 수는 있다. 그러나 그 귓구멍에서는 그 어떤 정보도 얻어낼 수는 없다. 오로지 시적 상상력으로는 가능한 일이다.

따라서 이 시는 '귓밥 파주기' 란 제재를 빌려 "아내의 처녀 적 소문" 이나 비밀은 구태여 알 필요가 없다는 점을 상징적으로 말하고 있다고 해석할 수 있다. 그리고 한 걸음 더 나아간 해석을 해 본다면 부부생활에 있어서 지켜주어야 할 교훈적 금도襟度 중의 하나가 과연 무엇인가도 생각케 해 주고도 있다. 소품이지만 결론적으로 다시 한 번 더 말해 보면 제재 선택이 재미있고 또 반전의 역설도 흥미롭다.

페미니즘 시대를 보는 감칠맛 나는 복합심상

— 서정춘의 〈蘭난〉

蘭난 _ 서정춘

난을 기르듯
여자를 기른다면
오지게 귀 밝은
요즘 여자가 와서
내 뺨을 치고서
파르르르 떨겠지

서정춘(徐廷春) _ 전남 순천 출생(1941~). 순천 매산고등학교 졸업. 독학으로 시창작 공부하다 1968년 「신아일보」 신춘문예에 시 〈잠자리 날다〉가 당선되어 등단. 시집 《죽편竹篇》(1996) 《봄, 파르티잔》(2001) 《귀》(2005) 《물방울은 즐겁다》(2010) 《캘린더 호수》(시선집, 2013) 《이슬에 사무치다》(2016) 등 상재. 박용래문학상(2001), 순천문학상(2004), 최계락문학상(2006), 유심작품상(2007) 백자예술상(2014) 등 수상.

해설과 심층분석

서정춘 시인의 시 〈蘭[난]〉은 극히 짧으면서도 남성위주 사회의 변화와 그에 따른 여성들의 반응을 약간은 해학적으로 터치하고 있어 우선 감칠맛이 난다.

아주 짧은 만큼 퍽 조심스러운 독해도 필요하다.

시의 대상은 '난' 이다. 그러나 시인은 '난' 을 보며 다른 은유적 상상을 해 보는데 결국 이 시의 요체는 가정법에 있다.

"난을 기르듯/ 여자를 기른다" 라는 시구는 어떤 함의를 내포하고 있다. 화분의 '난' 을 기르는 주체는 '나' 즉 '남자' 이고, 객체는 '난' 즉 '여자' 이다.

'난' 은 곧 여자나 여성성의 상징이 된다. 그렇다면 내가 '난' 을 기른다는 것은 여자를 보살펴 주고 키워준다는 뜻과 상통한다. 이때 '남자' 가 능동적 역할을 한다면 '여자' 는 수동적 입장이 된다.

그 다음, "오지게 귀 밝은/ 요즘 여자" 란 구절에 착목할 필요가 있다. 특히, '요즘' 이란 단어에 주의해 보아야 한다. '요즘' 의 반대는 과거 즉 지난 시절이란 뜻이 된다.

따라서 지난 시절의 여자들은 마치 화분의 '난' 처럼 남자들에게 종속되어 외부사정이나 정보에 귀가 밝지 못했고 피동적이었지만, '요즘' 의 여자들은 그렇지 않다는 것을 암시하고 있다.

그래서 이 시의 내용을 한 번 뒤집어 풀이해 보면 이해가 더욱 빨라질 수도 있다.

난을 기르듯 여자를 보호하고 관리해 준다면 지난 시절의 여자라면 좋아라 하고 칭찬을 해주겠지만, 이젠 남녀동등의 이른바 페미니즘의 세상이 되었으니, 그렇게 하면 오히려 강한 반발이나 항의를 받을 것이라는 생각이요 상상이다.

지금 이 시대는 전통적 규범의 남녀관계나 부부관계가 너무나 많이 수정되어 있다.

남성 위주만의 사회가 아니다. 양성의 동등성이 많이 인정되어 있는 사회다. '여자' 는 더 이상 화분 속의 꽃이 아니다. 화분 같은 어떤 틀 속에 구속되어 있는 것이 아니라 자유로운 삶을 영위하는 세상이다.

그러나, 이 시가 이런 단순한 진단만 하고 있다고 보면, 그것은 완전한 독해랄 수는 없다. 배면背面에는 복합적인 뉘앙스가 풍겨진다. 지난 시절에 대한 은근한 향수를 깔면서 약간은 풍자적 기미를 에둘러 표현하고 있다.

두 단어에서 그런 점을 읽어낼 수 있다. '오지게' 란 단어는 '오달지게' 의 준말로서 전라도나 경상도 사투리로써 '야무지거나 알찬' 또는 '매우 많은' 이란 긍정적 뜻도 있지만, 그 폭 넓은 용례를 보면, 약간은 빈정대거나 부정적인 뉘앙스도 풍기는 단어이고, 또 '파르르르' 란 단어도 그런 해석을 가능케 하고 있다.

한 마디로 오징어 다리처럼 씹으면 씹을수록 묘한 맛이 나는 시다.

사별한 '님' 을 그리워하는 불망不忘의 절창

— 오세영의 〈님은 가시고 · I〉

님은 가시고 · I _ 오세영

님은 가시고
꿈은 깨었다.

뿌리치며 뿌리치며 사라진 흰 옷.
빈 손에 움켜 쥔 옷고름 한 짝.
맺힌 인연 풀 길이 없어
보름달 보듬고 밤새 울었다.

열은 내리고

오세영(吳世榮) _ 전남 영광 출생(1942~). 서울대학교 국문학과 졸업, 동 대학원 수료. 문학박사. 1968년 『현대문학』에 시 〈잠깨는 추상〉 등이 추천 완료되어 등단. 시집 《반란하는 빛》《가장 어두운 날 저녁에》《모순의 흙》《무명연시》《불타는 물》《꽃들은 별을 우러르며 산다》《어리석은 헤겔》《너, 없음으로》《벼랑의 꿈》《적멸의 불빛》《시간의 쪽배》 등과 평론집, 산문집, 시론집 다수 상재. 한국시인협회상 외 수상 다수.

땀에 젖었다,

휘적 휘적 사라지는 님의 발자국,
강가에 벗어 논 헌 신발 한 짝,
풀린 인연 맺을 길 없어
초승달 보듬고 밤새 울었다.

베갯머리 놓여진 약탕기 하나
이승의 봄밤은 열에 끓는데,

님은 가시고
꿈은 깨이고.

해설과 심층분석

이 시는 〈무명연시無明戀詩〉란 제목으로 발표된 오세영 시인의 연작시 중의 하나다. 무명연시란 불교적 발상에서 사랑의 번뇌를 노래한 시란 뜻이다. 그래서 이 시 〈님은 가시고 · I〉은 사별로 저 세상으로 떠나보낸 사랑하는 그 님을 지금의 생시는 물론 꿈에서조차 못 잊어 한다는 내용이다. 오매불망하는 그 열모의 정이 그 얼마나 깊고 깊었기에 꿈으로까지 나타났겠는가 하는 해석도 가능하다. 우리의 전통적 정서로 님과의 사별에 따른 정한의 세계를 절창해 준 시이다.

시의 구조는 현재 일어나고 있는 일과 그리고 자면서 꿈꾸었던 꿈의 내용을 교차시켜 준 이중구조이다. 지금 베갯머리에 놓여진 약탕기가 말해 주듯 그 전후사정을 미루어 보면, 주인공이 떠나보낸 님을 못 잊어서 사랑의 열병 즉 상사병을 앓고 있음을 쉽게 짐작할 수 있다. 그래서 한약을 다려 먹고 있는데 마침 봄밤에 꿈을 꾼다. 주인공은 남자이고 그 상대는 물론 여자이다.

전체 6연으로 되어 있는 이 시의 각 연별 내용을 한 번 살펴 보기기로 하자. 제1연은 "님은 가시고/ 꿈은 깨었다"로 시작되고 있는데, 그 다음 제2연이 깨기 전에 꾸었던 그 꿈의 내용인 셈이다. 이승을 하직하고 저승으로 가는 님을 끝내 붙들지 못해 밤새 울었다는 내용이다. 제3연은 깨고 보니 잠들기 전에 올랐던 열은 내렸지만 상사병으로 쇠약해져 있어 허한으로 몸에 땀이 젖어 있다. 제4연은 제2연의 꿈에 연이어 꿈꾼 내용이다. 다시 말해 이로써 주인공은 두 장면의 꿈을 꾼 셈이다. 이 꿈도 역시 제2연처럼 별리의 꿈이긴 하지만 그 안타까움의 열도는 더욱 높다. "강가에 벗어 논 헌 신발 한 짝"이란 곧 저승의 강을 영원히 건너가고 말았다는 것을 말해 주고 있기 때문이다. 제5연은 약탕기가 끓고 있는 방안 묘사이고, 제6연은 꿈에서 님을 떠나보내고 깨어나 있음을 다시 수미상관 기법으로 마무리하고 있는 경우다.

보다시피 이 시는 앞에서 한 번 언급한 바와 같이 현실과 꿈이 교차되어 있는 이중구조이다. 1연, 3연, 5연 그리고 6연이 현재의 일을 서술해 주고 있다면, 그 중간과 중간 즉 2연과 4연은 꿈꾼 내용을 끼워넣기 식으로 배열해 놓은 형태이다. 결국 이 시의 핵심은 두 장면으로 되어 있는 꿈의 내용에 있다. 그 내용은 곧 저승으로 떠나보낸 그 님을 꿈속에서나마 붙들고 싶었는데, 꿈에서조차 저승으로 영영 떠나보내고 만 그 절절한 안타까움이다. 그리고 그 안타까움이 곧 주제이기도 하다.

그런데 이 두 꿈 장면을 세밀히 풀이해 보면 세 가지 점이 감칠맛 난다. 그 하나는 2연에 나오는 '옷고름 한 짝' 과 4연에 나오는 '헌 신발 한 짝' 을 일부러 강조해 두고 있는 것이 눈에 띈다. 옷고름이나 신발 한 켤레는 두 짝이어야만 한 쌍이 되는데 대칭적으로 각각 '한 짝' 임을 의도적으로 강조하고 있는 것은 결국 이승에 '한 짝' 으로 자기만 외톨로 남고, 님은 님대로 혼자 외톨로 먼저 저승으로 떠났다는 깊은 함축성을 내포하고 있어 그 애절함이나 안타까움이 더욱 절실하다. 또 그 다른 하나는 2연에서는 님의 뿌리침과 떠남이 나오고, 4연에서는 그 님이 점점 나의 시야에서 사라져 결국은 저승의 강을 건너가고 말았다는 것이 나오는데 그 상황설정이 가깝다가 점차 멀어져 가는 순차적 원근법에 의해 점증화 되고 있어 묘미도 있다.

그리고 마지막 또 다른 하나는 2연에서는 "맺힌 인연 풀 길이 없어/ 보름달 보듬고 밤새 울었다" 인데 반해, 4연에서는 "풀린 인연 맺을 길 없어 / 초승달 보듬고 밤새 울었다" 로 되어 있는데, '맺힌 인연' 에는 충만의 상징인 '보름달' 이, '풀린 인연' 엔 '이지러짐' 의 상징인 조각달 '초승달' 이 각각 쌍으로 나와 있어 그런 정황의 분위기가 한결 함축적으로 고조되고 있어 색다른 맛도 난다.

탈향의 시련과 인생살이의 운명성
— 감태준의 〈철새〉

철새 _ 감태준

바람에 몇번 뒤집힌 새는
바람 밑에서 놀고
겨울이 오고
겨울 뒤에서 더 큰 겨울이 오고 있었다.

"한 번……"
우리 사는 바닷가 둥지를 돌아보면서
아버지가 말했다.
"고향을 바꿔보자"

감태준(甘泰俊) _ 경남 마산 출생(1947~). 중앙대학교 문예창작과 졸업. 한양대학교 대학원 국문과 수료. 문학박사. 1972년 『월간문학』 신인문학상에 시 〈내력〉이 당선되어 등단. 시집 《몸 바뀐 사람들》(1978) 《마음이 불어가는 쪽》 《마음의 집 한 채》 《역에서 역으로》 등과 이론서 《이용악시연구》 《한국현대시감상》 《기도》 등 상재. 녹원문학상(1982), 한국시인협회상(1986), 윤동주문학상(1987), 정문문학상(2011) 외 수상 다수.

내가 아직 모르는 길 앞에서는
달려갈 수도
움직일 수도 없는 때,

아버지는 바람에 묻혀
날로 조그맣게 멀어져 가고, 멀어져 가는 아버지를 따라
우리는 온몸에 날개를 달고
날개 끝에 무거운 이별을 달고
어디론가 가고 있었다

환한 달빛 속
첫눈이 와서 하얗게 누워 있는 들판을 가로질러
내 마음의 한가운데
아직 누구도 날아가지 않은 하늘을 가로질러
우리는 어느새
먹물 속을 날고 있었다

"조심해라, 얘야"
앞에 가던 아버지가 먼저 발을 헛딛었다
발 헛딛은 자리,
그곳이 서울이었다

해설과 심층분석

알다시피 철새란 바뀌는 계절에 따라 삶의 최적지를 찾아 이동하는 새를 말하는데 주로 여름 철새와 겨울 철새가 대표적이다. 물론 철새 중에는 텃새와는 달라 도요새와 같이 이동 중에 잠시 한 지역에 머무는 나그네새가 있는가 하면, 굴뚝새와 같이 일정 지역에서만 철을 따라 이곳 저곳으로 옮겨 다니는 떠돌이새도 있기에 철새라면 일반적으로 4종류로 구분한다.

감태준 시인의 시 〈철새〉에 나오는 새는 겨울 철새다. 겨울이 오자 보다 따뜻한 지역으로 이동하는 새로 설정되어 있는데, 사실은 이 시는 이런 새를 빌려 탈향의 시련과 인생살이의 운명성을 말하고자 하는 것이 곧 주제다. 전체 26행의 6연 시다.

시의 내용은 아버지 새와 아들 새가 새로운 보금자리를 찾아 고향을 떠나 그 어떤 곳에 닿기까지의 이동과정 곧 그 여정이 내용이다.

첫연은 출발의 첫 과정과 또 도착 후 앞날에 과연 어떤 일이 일어났는지를 암시적으로 종합해서 언급해 주고 있다. "겨울이 오고/ 겨울 뒤에서 더 큰 겨울이 오고 있었다"라고 나와 있으니 이는 곧 앞날에 더 큰 시련의 겨울이 기다리고 있었다는 것을 미리 암시해 주는 언급이라 해석할 수 있다.

둘째 연은 둥지를 떠나 같이 날면서 아비새가 아들새에게 던지는 대화다. "고향을 바꿔보자"는 이동 목적의 제언이 의인법으로 처리되어 나름대로 실감이 난다.

셋째 연에는 아버지를 따라 나서는 첫길이라 막상 "달려갈 수도/ 움직일 수도 없는" 막막하고 당황해 하는 모습의 제시가 있다.

넷째 연은 막연히 "고향을 바꿔보자"는 말만 있었지, 그 행선지나 목적지도 모르는 채 어디론가 날아간다. 아버지와 나의 거리는 속도의 차이로 날마다 점점 멀어지는 상황이긴 하지만 서로가 있는 힘과 죽을 힘을 다해 날고 있다는 상황의 제시가 있다.

다섯째 연에서는 드디어 첫눈이 내려 달밤에 들판 위를 가로지르며 "아직 누구도 날아가지 않은 하늘을 가로질러" 날고, 그 다음 지척을 분간 못할 캄캄한 어둠의 "먹물 속을 날고 있었다"는 것이다.

여섯째 연에서는 이런 상황이 되다 보니 아버지가 "조심해라, 얘야" 하고 주의하라는 당부의 말이 따른다. 그런데 그만 "앞에 가던 아버지가 먼저 발을 헛딛었다/ 발 헛딛은 자리/ 그곳이 서울이었다"가 마무리이다.

이 마무리가 깔끔한 처리라서 매우 인상적이다. 여기엔 인생살이의 어느 일면이 꼭 자의적인 것만이 아니라 의외에도 운명적인 것도 개입된다는 해석도 가능하다.

이 마무리 연을 여기서 다시 첫째 연에서 암시된 "겨울 뒤에 더 큰 겨울이 오고 있었다"라는 구절과 연관시켜 보면, 처음 서울에 도착하여 뒷날 삶의 뿌리를 내리기까지에는 또 다른 많은 시련과 고통이 있었다는 해석이 된다. 이는 곧 감태준 시인이 서울에 와서 뿌리내리기까지의 개인사와 가족사 어느 일면의 암시도 된다.

사실 누구에게나 이처럼 새로운 삶을 찾아 고향 떠남(탈향)과 새로운 곳에서의 뿌리내림에는 경중의 차이이지 시련과 고통이 따르기 마련이다. 그런 보편적 진실을 철새를 빌려 서정적으로 보여주고 있는 점이 평가받을 만하다.

그렇지만 이 시를 풀이하고 해석하는 과정에서 나는 별도의 어떤 충동을 느꼈다. 말하자면 시론詩論적 측면에서 이런 내용의 시를 시도적으로 유형화 해볼 필요성을 느꼈다. 특히 단편소설에서는 미성년의 어린 소년 주인공이 성인사회(인생)의 어느 일면을 처음 깨닫거나 처음 경험하는 과정이라면, '개안開眼소설' 또는 '각성覺醒소설' 이라 하는데 시에서는 이런 정의나 유형화가 아직은 없다.

그렇다면 이 시를 크게 보아 '개안의 시' 나 '각성의 시' 라 명명해도 좋으리라 본다. 어린 소년인 이 시의 화자인 '나' 가 아버지를 따라 처음으로 고향을 떠나보는 과정과 그 시련의 첫 경험 등이 크게 보아 유사성을 갖고 있기 때문이다.

4.19세대의 삶의 현실순응과 그 부끄러움

― 김광규의 〈희미한 옛사랑의 그림자〉

희미한 옛사랑의 그림자 _ 김광규

4.19가 나던 해 세밑
우리는 오후 다섯시에 만나
반갑게 악수를 나누고
불도 없는 차가운 방에 앉아
하얀 입김 뿜으며
열띤 토론을 벌였다
어리석게도 우리는 무엇인가를
정치와는 전혀 관계없는 무엇인가를
위해서 살리라 믿었던 것이다
결론 없는 모임을 끝낸 밤

김광규(金光圭) _ 서울 출생(1941~). 서울대학교 독문학과 졸업, 동 대학원 수료. 문학박사. 1975년 『문학과 지성』에 〈시론詩論〉을 발표하며 등단. 시집 《우리를 적시는 마지막 꿈》《반달곰에게》《아니다 그렇지 않다》《크낙산의 마음》《좀팽이처럼》《아니리》《물길》《가진 것 하나도 없지만》《처음 만나던 때》《하루 또 하루》《오른손이 아픈 날》 등 상재. 녹원문학상, 오늘의 작가상, 김수영 문학상, 이산문학상 외 수상 다수.

혜화동 로터리에서 대포를 마시며
사랑과 아르바이트와 병역 문제 때문에
우리는 때 묻지 않은 고민을 했고
아무도 귀기울이지 않는 노래를
누구도 흉내낼 수 없는 노래를
저마다 목청껏 불렀다
돈을 받지 않고 부르는 노래는
겨울밤 하늘로 올라가
별똥별이 되어 떨어졌다

그로부터 18년 오랜만에
우리는 모두 무엇인가 되어
혁명이 두려운 기성세대가 되어
넥타이를 매고 다시 모였다
회비를 만 원씩 걷고
처자식들의 안부를 나누고
월급이 얼마인가 서로 물었다
치솟는 물가를 걱정하며
즐겁게 세상을 개탄하고
익숙하게 목소리를 낮추어
떠도는 이야기를 주고 받았다
모두가 살기 위해 살고 있었다
아무도 이젠 노래를 부르지 않았다

적잖은 술과 비싼 안주를 남긴 채
우리는 달라진 전화번호를 적고 헤어졌다
몇이서는 포커를 하러 갔고
몇이서는 춤을 추러 갔고
몇이서는 허전하게 동숭동 길을 걸었다
돌돌 말은 달력을 소중하게 옆에 끼고
오랜 방황 끝에 되돌아 온 곳
우리의 옛사랑이 피흘린 곳에
낯선 건물들 수상하게 들어섰고
플라타나스 가로수들은 여전히 제자리에 서서
아직도 남아 있는 몇 개의 마른 잎 흔들며
우리의 고개를 떨구게 했다
부끄럽지 않은가
부끄럽지 않은가
바람의 속삭임 귓전으로 흘리며
우리는 짐짓 중년기의 건강을 이야기했고
또 한 발짝 깊숙이 늪으로 발을 옮겼다

해설과 심층분석

김광규 시인의 시 〈희미한 옛사랑의 그림자〉의 제목에 나오는 '옛사랑'이란 다름 아니라 젊었던 대학시절에 4.19 혁명에 가담하면서 조국과 민족의 장래를 걱정하며 정의감에 불타 있었던 그 열정을 말하고 있음을 말한다.

그리고 이 시는 전체 49행으로 된 2연 시로서 서술시 또는 이야기체 시이다. 2연으로의 연가름은 곧 과거의 일과 현재의 일을 구분하기 위한 배려이다.

여기서 그 과거의 일은 4.19 혁명이 났던 바로 그 해 세밑에 만났던 친구들과의 모임에 있었던 일이고, 현재의 일은 그로부터 18년이 지나 또 다시 그 친구들과 만나서 있었던 일이다.

이런 내용의 흐름을 보면 그들의 과거의 모습과 현재의 모습이 극명히 대비되어 있다. 그것은 곧 청년기와 지금의 중년기가 대비되는 변화된 모습이다. 그리고 1연에 해당되는 과거의 일은 오늘의 모임에서 촉발된 회상이라는 것도 알 수 있다.

그럼, 이 내용을 이런 관계항에서 요약해 보기로 하자. 서울대가 동숭동에 있던 18년 전 4.19혁명이 났던 그 해 세밑에 대학생들인 일행은 오후 늦게 "불도 없는 차가운 방에 앉아" 시국에 대해 "열띤 토론을 벌였다" 그것은 "정치와는 전혀 관계없는 무엇인가를/ 위해서 살리라 믿었"기 때문이다. "결론 없는 모임"을 끝내고 그들은 혜화동 로터리의 대폿집에 가서 술을 마시며 "사랑과 아르바이트와 병역 문제"로 "때묻지 않은 고민"을 했고 또 노래도 목청껏 불렀다.

이 1연에서 가장 중요한 핵심 부분은 7행에서 9행까지이다. 즉 "어리석게도 우리는 무엇인가를/ 정치와는 전혀 관계 없는 무엇인가를/ 위해서 살리라 믿었던 것이다"이다. 이때의 그 '무엇'은 곧 정의사회, 바른 세상, 좋은 세상 등을 암시한다 하겠다. 그러나 18년이 지난 지금 생각해 보면 이루어진 것이 하나도 없어 그 믿음이 좌절로 끝나버린 어리석었던 환상이었음을 '우리'를 대신해 시적 화자인 '나'가 자성적으로 고백해 보고 있는 것이다.

다음, 제 2연의 현재의 일은 이렇다. 뿔뿔히 헤어졌던 친구들이 이제는 중년이 되어 18년만인 70년대 후반 세밑, 마치 옛날을 더듬듯 같은 장소의 어느 술집에서 다시 만난다. 주된 내용은 처자식들 안부 묻기, 월급 이야기, 물가 걱정, 세상 돌아감에 대한 개탄, 떠도는 이야기 주고 받기 등으로 이어진다. 그 다음, 자리에서 일어나 몇은 포커를 치러, 몇은 춤추러 가고 몇은 동숭동 옛길을 걷는다. 일행과 함께 '나' 는 이 옛길을 걸으며 지난날 데모로 피 흘린 곳을 둘러보며 지금 아주 달라져 있는 자기나 친구들의 모습이 부끄러워 스스로 고개를 떨군다.

여기서 화자가 본 나나 친구들의 삶은 한 마디로 옛날과는 달라진 소시민으로서 현실순응의 삶이라는 점이다. '혁명이 두려운 기성세대' 로 변했고 또 어떤 민감한 이야기를 나눌 때는 누가 들을까 봐 목소리를 낮춰야 할 정도로 겁쟁이로 변했으며 그런가 하면 주로 그들이 나눈 이야기는 일상적인 생활과 관계 있는 세속적인 이야기가 전부였다.

그래서 이 시의 끝부분에 가서 주제의 완성을 위해 비록 "바람의 속삭임" 으로 은유화 되어 있지만 "부끄럽지 않은가/ 부끄럽지 않은가" 를 일부러 넣었다 할 수 있다. 그것은 곧 세속의 타성에 젖어 살아온 시적 화자인 '나' 의 자괴심의 발로요, 양심의 소리이며, 내면적 자아의 눈뜸이요 성찰이라서 이 시에 한결 빛을 더해 주고 있다.

따라서 이 시의 주제는 4.19세대의 변화된 모습과 그 부끄러움이라 할 수 있다. 이야기체의 서술시인 만큼 비록 아깃자깃한 면은 없을지 모르지만 4.19세대의 어느 자화상을 보는 듯한 느낌도 들고 또 나이가 들면 들수록 이상과는 멀어짐과 동시에 현실에 순응해 가는 인간의 한계성을 실감케 해 주고도 있다.

생멸生滅의 철리에 대한 예민한 감수성의 표출

– 이문걸의 〈하나의 나뭇잎이〉

하나의 나뭇잎이 _ 이문걸

하나의 나뭇잎이 흔들일 때
나는 비로소
내 삶의 무중력한 상태를
확인할 수 있었다
가을의 색감色感이
바다만한 크기로 침몰하는
계절의 숲에서
나는 흔들이는 나뭇잎이
한낱 우리네 여린 아픔임을

이문걸(李文杰) _ 울산 출생(1940~). 호는 자산子山. 부산대학교 국문학과 졸업. 동아대학교 대학원 수료. 문학박사. 1977년 『시와 의식』 신인상 당선으로 등단. 시집 《내부로 흔들리는 꽃》《겨울의 언어》《즉흥환상곡》《나의 시간여행》《풀꽃심상》《아름다운 새를 위한 축가》《시간의 무게》(시선집) 등과 시론서 《우리시의 상상력 연구》《한국현대시연구》《한국현대시 해석론》 등 상재. 개천예술인상, 부산시문화상 외 수상 다수.

알 것 같았다
너는 죽고 또 죽어서
내 날개의 가장 가벼운 속살마저
깔고 태워서
어둠의 깊은 땅으로 돌아가는
고독한 생애
나는 그것이 이 우주 속
좁은 공간의 한 개
작은 이파리임을
어렴풋이나마 알 수 있었다
하나의 나뭇잎이 소리 없이
다시 흔들릴 때
이름 없는 새들과 온갖 풀꽃들이
왜 그다지도 잔인한 삶을 누리며
서로 뜨겁게 사랑해야 하는가를
확실히 알 것만 같았다

해설과 심층분석

이문걸 시인의 시 〈하나의 나뭇잎이〉는 가을의 한복판에서 시적 화자가 흔들리고 있는 나뭇잎을 보고 여러 생각을 해 보고 있다. 얼마 있지 않아 곧 찾아올 나뭇잎의 조락을 예감해 보며 크게는 삶과 죽음을 명상해 보고 있다.

물론 이런 시들을 우리는 수다히 접해 왔다. 그렇지만 그 주제화의 예민한 감수성과 마치 하나의 나뭇잎이 흔들리듯 하는 삶과 죽음에 대한 잔잔한 전율이 예외적으로 색다른 감동을 주고 있기에 말하자면 대표시로 선택해 본 것이다.

이 시는 2005년도에 나온 이 시인의 대학정년 기념시선집에 수록되어 있다. 원래 이 시인은 출발부터 순수 서정시로 시작하여 거의 평생을 이에 크게 벗어난 적이 없다. 그런 맥락에서 보면 이 시 역시 그런 범주에 든다. 전체 25행인 이 시를 풀이의 편의성을 위해 일단 내용단위에 따라 연 가름을 해 보면 5연으로 나눌 수 있다.

제 1연은 1행에서 4행까지이다. 여러 나뭇잎들이 아니라 1행 첫 구인 "하나의 나뭇잎이 흔들릴 때"가 별미처럼 맛이 난다. 잎의 최소 단위인 '하나' 로 압축시킨 미시 관찰이 예민한 바늘 끝처럼 우리의 감성을 자극한다. 그리고 연이어 "내 삶의 무중력한 상태를" 느껴본다. 이는 곧 있을 나뭇잎의 조락과 없어짐(죽음)이 언젠가 앞으로 나에도 닥칠 죽음의 문제를 연상시켰기 때문이다.

제 2연은 5행에서 10행까지이다. 여기서의 핵심 시구는 "나는 흔들이는 나뭇잎이/ 한낱 우리네 여린 아픔임을/ 알 것 같았다" 이다. 이것은 곧 흔들리는 나뭇잎의 전율이 죽음을 명상해 보는 내 마음으로 전이된 아픔으로 환치된 경우라 해석할 수 있다. 예민한 시적 감수성의 반응이요 발현이다.

제 3연은 11행에서 15행까지이다. 여기서는 "어둠의 깊은 땅으로 돌아가는/ 고독한 생애"가 핵심 구이다. 나뭇잎의 죽음 그리고 땅 속으로의 파묻힘의 과정을 '고독한 생애' 로 정의해 본 여기엔 가을이란 계절이 주는 고독이란 심상에다 시인이 품어보고 있는 고독한 심정을 합일시켜 본 경우다.

제 4연은 16행에서 19행까지이다. 바로 앞에 나온 '고독한 생애' 의 대상물이 다름 아니라 한 '작은 이파리' 임을 다시 한 번 환기시킨다.

제 5연은 종결 연답게 나뭇잎이 다시 흔들리는 모습을 보며 그 대상의 폭을 이름 없는 새들과 온갖 풀꽃으로까지 넓혀 또 다른 의미성을 파악해 보고 있다. "왜 그다지도 잔인한 삶을 누리며/ 서로 뜨겁게 사랑해야 하는가를/ 확실히 알 것만 같았다" 로 마무리된다. 이 부분은 곧 죽어 없어질 존재인데도 역설적으로 보면 나름으로 살려고 애쓰며 발버둥치는 모습이기에 일단 '잔인한 삶' 이라 정의해 본 것이라 해석할 수 있다. 그렇기에 서로 동병상련 같은 존재의 숙명성이나 냉혹성으로 서로 뜨겁게 사랑해야 하는 이유나 이치를 확실히 알 것만 같았다고 결론 맺고 있다.

끝부분의 이 메시지는 동물(새)이나 식물(풀꽃)에만 한정되는 것이 아니다. 시인의 마음 속에는 동식물도 이러할진대 하물며 인간들이라면 더욱더 서로 뜨겁게 사랑해야 하지 않겠느냐는 반면교사의 함의도 행간 속에는 숨어 있다 해석할 수 있다.

그리고 시의 문체적 특징이라면 '~다' 서술체 종결어미로 일관되어 있는 점이다. "확인할 수 있었다" (제 4행), "알 것 같았다" (제 10행), "알 수 있었다" (제 19행), "알 것만 같았다" (제 25행)라는 예시에서 보듯 서술체 종결어미의 반복적 사용이다. 그런데 여기서 우리가 눈여겨 봐두어야 할 점이라면 '확인했다' '알았다' 처럼 단언적 서술이 아니라 유보적 서술로써 시적 자아의 겸손성과 부드러움을 최대로 보이고 있는 점이다. 이는 이 시의 서정적 흐름이나 분위기 조성에도 기여하고 있다. 만약 대신 '확인했다' '알았다' 등의 단언식이었다면, 자연 분위기의 톤이 아주 딱딱해질 수밖에 없지 않았겠는가.

끝으로 이 시의 장점을 요약해 보면 다음과 같다. 가을이란 계절 나름의 명상성과 고독성의 은유를 바탕에 깔고 삶과 죽음 또는 생멸의 철리를 생각해 보고 있는 점, '하나'에다 이미지를 압축시킨 점, 예민한 시적 감수성의 표출, 유보적 서술에서 느낄 수 있는 생각의 유연성, 끝부분에서 보인 반면교사적인 삶의 인생론적 메시지가 우리를 사색의 숲으로 인도하고 있다고 결론지울 수 있다.

가난의 시적 리얼리즘과 어머니의 사랑

— 공광규의 〈별국〉

별국 _ 공광규

가난한 어머니는
항상 멀덕국을 끓이셨다

학교에서 돌아온 나를
손님처럼 마루에 앉히시고

흰 사기그릇이 앉아있는 밥상을
조심조심 받들고 부엌에서 나오셨다

국물 속에 떠 있던 별들

공광규(孔光奎) _ 서울에서 태어나 충남 청양에서 성장(1960~). 동국대학교 국문학과 졸업. 단국대학교 대학원 문창과 졸업. 1986년 『동서문학』 신인문학상 당선으로 등단. 시집 《대학일기》《마른 잎 다시 살아나》《지독한 불륜》《소주병》《말똥 한 덩이》《담장을 허물다》(2013) 등과 시론집 《신경림 시의 창작방법 연구》《이야기가 있는 시 창작 수업》 등 상재. 제1회 신라문학대상, 제4회 윤동주상 문학대상 외 수상 다수.

어떤 때는 숟가락에 달이 건져 올라와
배가 불렀다

숟가락과 별이 부딪히는
맑은 국그릇 소리가 가슴을 울렸는지

어머니의 눈에서
별빛 사리가 쏟아졌다

해설과 심층분석

공광규 시인의 시 〈별국〉의 주제는 가난한 환경 속의 어머니가 아들에게 내보이는 한스러운 사랑이다. 소재가 지난 과거시절의 것이라 회상형이다. 지난 날 청소년 시절에 학교에서 밤늦게까지 공부하고 돌아와 어머니가 차려주는 밥상을 받아 식사를 하는 장면이 바로 이 시의 현장이요 그 공간이다. 그리고 제목 '별국'은 이 시인의 조어인데 하늘의 별이 국물에 떠있다는 뜻의 국을 말한다.

전체 13행으로 되어 있는데 전반부(1행~6행까지)와 후반부(7행~13행까지)로 나누어 해석해 볼 수 있다. 시적 형상화의 방식이 확연히 차별화 되어 있기 때문이다. 전반부가 일상의 생활수준을 알려주는 가난의 리얼리즘이라면, 후반부는 그것을 매개로 한 상상력 동원의 시적 변용과 시적 수사력이 바로 주제의 핵심적 밀도성을 높여주고 있다.

전반부를 보면 어머니가 "학교에서 돌아온 나를/ 손님처럼 마루에 앉히시고" 나에게 멀덕국이 차려져 있는 밥상을 부엌에서 내와 내 앞에 내려놓는 것으로 되어 있다. 여기서 '손님처럼' 이란 손님을 맞이하듯 정성을 다한다는 뜻이다. 그리고 '멀덕국' 은 시인의 출신지인 충남지역의 사투리인데 건더기가 거의 없는 희멀건한 맑은 국으로 경상도 지방에서는 '멀국' 이라 부른다. 이것이 바로 이 시에서 가장 중심의 시적 주제 형상화의 오브제가 되고 있다. 잘 사는 집이었다면 이런 멀덕국이 아니라 쇠고기국이나 아니면 먹음직한 다른 건더기가 들어간 진한 국일 수 있다는 언외의 암시가 된다.

후반부는 "국물 속에 떠 있던 별들" 로 시작된다. 그리고 때로는 달이 떠있는 밤이면 국물 속에 비추어져 있는 달도 건져 먹어 별에 비하면 그 크기에 배도 불렀다고 서러운 역설적 자위도 하고 있다. 그 다음 옆에서 이런 '별국' 을 떠먹는 장면을 지켜보던 어머니는 "숟가락과 별이 부딪히는/ 맑은 국그릇 소리" 를 듣고 가난한 집안 형편으로 아들이 '별국' 을 먹는구나 싶어 눈물을 흘리는 것으로 종결된다.

그러면 왜 이 시가 좋다는 것일까.

첫째, 노상 '별국' 을 먹을 만큼 가난은 하지만 가난에 대한 원한이나 잘 사는 집에 대한 선망이나 분노의 기미가 일절 없는 대신, '별국' 이란 역설적 표현이나 달을 건져 먹어 배가 불렀다는 역설적 자위가 문학성을 획득하는 데 기여하고 있다.

둘째, 후반부에 보인 기발한 발상과 참신한 수사력이 시의 품격을 높이는 데 크게 기여하고 있다. 그것은 '천상적 이미지' 와 '지상적 이미지' 의 결합이다. 지상의 국물 속에 천상의 별들이나 달이 떠 있다거나 또 아들이 멀건 '별국' 을 떠먹는 모습에서 흘러내리는 어머니의 한스런 가난의 눈물을 국수 사리로 파악해, 별빛과 사리를 결합시켜 '별빛 사리' 라고 한 표현이 바로 그런 이미지의 결합이다.

이는 또 다른 말로 '천상적 이미지의 지상화' 라고도 할 수 있는데, 좋은 시에서 더러 발견되는 고품격의 수법이요 기법에 해당한다. 박목월의 '청노루' 에 나오는 "청노루/ 맑은 눈에// 도는/ 구름" 이라든가, 박인환의 '목마와 숙녀' 에 나오는 "술병에서 별이 떨어진다" 와 같은 경우가 바로 그런 예가 된다. 그 반대라면 '지상적 이미지의 천상화' 가 있다. 서정주는 '동천' 이란 시에서 "우리 님의 고운 눈썹을" 겨울 밤하늘에 걸리어 있는 조각달에다 결합시켰는데, 이것이 바로 '지상적 이미지의 천상화' 의 좋은 예다.

셋째, 별빛의 시각적 심상과 떠먹느라 숟가락과 별이 부딪힌다는 역동적인 청각적 심상이 우리의 시청각적 상상력을 한결 고양시켜 주고도 있다.

한 마디로 가난의 리얼리즘을 어머니의 사랑으로 포근히 감싸주고 있어 감동적인 동시에 그 리얼리즘을 서정적으로 변용이나 윤색시킨 점이 격조가 있다.

사랑 그리고 이별의 잊음, 그 보편적 진실 방정식

— 최영미의 〈선운사에서〉

선운사에서 _ 최영미

꽃이
피는 건 힘들어도
지는 건 잠깐이더군
골고루 쳐다볼 틈 없이
님 한 번 생각할 틈 없이
아주 잠깐이더군

그대가 처음
내 속에 피어날 때처럼

최영미(崔泳美) _ 서울 출생(1961~). 서울대학교 서양사학과 졸업. 홍익대학교 대학원 미술사학과 수료. 1992년『창작과 비평』에 시 〈속초에서〉 외 7편을 발표하며 등단. 시집《서른, 잔치는 끝났다》《꿈의 페달을 밟고》《돼지들에게》《도착하지 않은 삶》《이미 뜨거운 것들》, 장편소설《흉터와 무늬》《청동정원》, 산문집《시대의 우울》《우연히 내 일기를 엿보게 될 사람에게》《길을 잃어야 진짜 여행이다》 등 상재. 이수문학상 수상.

잊는 것 또한 그렇게
순간이면 좋겠네

멀리서 웃는 그대여
산 넘어 가는 그대여

꽃이
지는 건 쉬워도
잊는 건 한참이더군
영영 한참이더군

해설과 심층분석

최영미 시인의 시 〈선운사에서〉는 전북 고창의 선운사에 가서 동백꽃이 피었다가 지는 것을 보고 거기서 떠오른 정회나 상념을 읊은 것이다. 선운사라면 뭐니 해도 그곳의 동백꽃이 전국적으로 너무나 이름이 나 제법 많은 시인들이 각자 나름의 작품을 남겨놓고 있다.

서정주는 '선운사 동구' 에서 그곳의 동백꽃을 보러 갔다가 철이 일러 꽃은 보지 못하고 대신 막걸리집 여자가 목이 쉬도록 부른 육자배기 가락에서 작년 꽃만 보고(듣고) 왔다는 것을 비롯해, 각 시인마다 각자의 느낌을 표현해 놓고 있다.

그런 시들에 비해 이 시는 약간의 차별성이 드러나 있다. 시적 발상이 좀 다르다고나 할까. 먼저 꽃이 피었다가 지는 그 현장을 본 것이 계기가 되어, 꽃이 피고 지는 과정과 사람을 만나 사랑을 하고 그 다음 헤어진 후의 잊는 과정을 대비시켜 그 이별한 사람을 잊는 것이 얼마나 어려운 것인가를 형상화 해 본 것이다.

내용의 흐름과 그 흐름에 따른 구성은 일단 전체 16행 4연이지만 매우 짧고 깔끔하다. 그 어떤 요설饒舌이나 사설辭說도 끼여 있지 않다. 1연에 해당할 수 있는 1행에서 6행까지는 "꽃이/ 피는 건 힘들어도/ 지는 건 잠깐이"더라는 사실의 확인이다. 그리고 "님 한 번 생각할 틈 없이/ 아주 잠깐이더군"을 강조 반복도 하고 있다. 이는 2연에 곧바로 나오는 내가 사랑했던 '그대'를 유도해 내기 위한 구성적 동기 역할도 한다.

그래서 이 2연에 해당하는 부분(7행～10행까지)에서는 그대와 나 사이의 일로 바뀐다. 즉 1연에서 나온 꽃의 피고 짐의 관계가 나와 그대의 관계로 치환된다. 그래서 꽃의 핌은 힘들지만 짐은 잠깐이란 사실을 염두에 두고, 이와는 대조적으로 그대와 내가 만나서는 순간적으로 사랑을 하고 사랑을 나누었는데, 서로 헤어져 잊는 것도 꽃이 지는 것처럼 "순간이면 좋겠네" 하고 그 애달픔을 고백한다.

그리하여 드디어 3연(11행～12행)에 와서 떠난 그대를 다시 한 번 생각해 본다. 먼저 나의 입장에서는 애달픈 이별이라 "멀리서 웃는 그대여/ 산 넘어 가는 그대여" 하고 그 이름을 호소하듯 애타게 불러본다.

그리고 4연(13행～16행까지)이 종결연인 만큼 지금까지 언급해 본 '꽃'과 '그대'에 관한 이미지의 통합이 있다. "꽃이/ 지는 건 쉬워도/ 잊는 건 한참이더군" 하고 자기 경험의 심경을 토로한다.

이제 이 시의 이런 내용을 종합해서 말해 본다. '나'와 '그대' 사이에 있었던 만남(사랑)의 쉬움과 그 후 헤어짐에 따른 잊음의 어려움이란 그 보편적 사랑 방정식을 제시해 보며, 실질적으로는 서로 만부득이한 이별이었기에 그 애틋함의 연연한 정을 잘 표현해 주고 있다. 바로 그런 해석의 실마리가 호격으로 나와 있는 "멀리서 웃는 그대여"에 잘 나타나 있다. 미움의 그대라면 결코 이런 표현이 나올 수 없으리라 쉽게 상상이 된다.

그리고 이 시의 특징이라면 어떤 사실에 대한 직접의 주관적 판단이 개입된 '~이더라' 대신 '~이더군' 이란 어사를 네 번이나 사용한 점이다. 이는 자신의 경험이지만 직설적 표현을 일부러 피해 보려는 의도다. 주관성 개입을 대신해 객관성의 확보를 위한 능청떨기로도 이해된다. 그 표현의 차별성이 상당히 재미도 있다.

둘째 마당

풍진 세상, 풍진 세월 속에

- **함동선**의 〈여행기〉 _ 분단 비극과 고향 그리움의 한
- **이병훈**의 〈下浦하포길〉생태시의 시적 데포르마숑
- **문병란**의 〈織女직녀에게〉 _ 이별과 그리움, 세 가지 층위 해석의 복합
- **신세훈**의 〈잠실 밤개구리〉 _ 환경생태시의 그 선구적 시도
- **홍신선**의 〈연탄불을 갈며〉 _ 연탄불의 교훈, 정치권에 던져보는 쓴소리
- **천양희**의 〈어떤 하루〉 _ 불가적 생명존귀사상의 노래
- **이향아**의 〈사과꽃〉 _ 소련 노래 '사과꽃'을 통해 본 민족 비극의 여운
- **강은교**의 〈우리가 물이 되어〉 _ 만남 그리고 평화의 간절한 소망
- **정희성**의 〈저문 강에 삽을 씻고〉 _ 농촌현실의 절망, 슬픔으로 승화시켜
- **서영수**의 〈낮달〉 _ 일제 강점기 하의 민족 서러움의 한 슬픈 초상
- **송수권**의 〈지리산 뻐꾹새〉 _ 민족의 원형적 심상을 노래한 절창
- **황지우**의 〈출가하는 새〉 _ 새의 생태와 생리를 통해 본 인생의 어느 환유
- **허수경**의 〈단칸방〉 _ 페이소스로 감싼 가난의 리얼리즘
- **송랑해**의 〈風竹풍죽〉 _ 역사적 상상력과 구성의 완결미

분단 비극과 고향 그리움의 한恨

— 함동선의 〈여행기〉

여행기 _ 함동선

고향에 가면 말야
이 길로 고향에 가면 말야
어릴 때 문지방에서 키 재던 눈금이
지금쯤은 빨랫줄처럼 늘어져
바지랑댈 받친 걸 볼 수 있겠지
근데 난 오늘
달리는 기차 속에
허리 굽히며 다가오는 옥수수 이삭을
바라보며
어린 날의 풀벌레를 날려 보내며

함동선(咸東鮮) _ 황해 연백 출생(1930~). 서라벌예술대학, 중앙대학교 졸업. 경희대학교 대학원 국문과 박사과정 수료. 『현대문학』에 시 〈봄비〉 〈학의 노래〉(1959) 등이 추천 완료되어 등단. 시집 《우후개화》 《꽃이 있던 자리》 《눈 감으면 보이는 어머니》 《식민지》 《산에 홀로 오르는 것은》 《짧은 세월 긴 이야기》 《인연설》 《밤섬의 숲》 외 다수. 영역시집 《한국문학비》 《절대고독의 눈물》 외 다수. 현대시인상 외 수상 다수.

부산에 가고 있는데
손바닥에 그린 고향의 논두길은
땀에 지워지고
참외 따 먹던
혹부리 영감네 원두막이 언뜻 사라지면서
바다의
소금기 먹은 짠 햇볕만이
마치 부서진 유리 조각을 밟고 오는가
아리어 오는 눈에
갑자기 쏟아지는 소나기 한 줄기
차창에 부우연 내 얼굴이 겹쳐 오는데
그 어머니의 얼굴에서 빗방울이 흘러 내리는데

해설과 심층분석

함동선 시인에게 있어서 평생의 지속적인 시의 주제는 이북땅에 두고 온 고향 그리움과 그 한스러움이다. 그의 고향은 6.25 전에는 38선 이남이었으나 휴전 후는 미수복지구로 이북땅이 되어 있는 황해도 연백군 해월면 해월리다.

근래에 어느 지면에서 그의 수필 〈고향의 흙〉을 읽을 수 있는 기회가 있었다. 그 글에서 함동선 시인은 금강산과 개성을 이미 많은 사람들이 다녀왔지만 자기는 무엇보다도 고향부터 먼저 가고 싶은 마음에서 가지 않는다고 그 한스러움을 토로하면서 언제 살아생전에 기회가 온다면 고향의 흙을 담아 올 백자 단지를 미리 준비해 두고 있다고 적고 있었다.

이 글을 읽다 보니 문득 지난 시절 그가 발표했던 〈여행기〉란 시가 떠올랐다.

기차여행에서 보고 느끼고 떠올랐던 여러 상념을 직조織組해 본 작품인데 일종의 '여로旅路형 시'라 칭할 수 있다. 일단 설명을 위해서 네 컷으로 잘라 본다.

첫째 컷은 부산에 가기 위해 기차에 몸을 싣고 있는데 문득 고향생각이 나 이 길로 바로 고향에 갔으면 하고 원망願望해 본다. 그러자 곧 "어릴 때 문지방에서 키 재던 눈금이" 어떻게 변했을까 하는 상상장면으로 바뀐다.

둘째 컷은 상상장면이 바뀌어 다시 현실로 돌아와 달리는 기차의 차창을 통해 옥수수 이삭을 본다. 그러자 어린 날 풀벌레를 쫓아다녔던 유년의 기억이 떠오른다.

셋째 컷에서는 회상에서 다시 현실로 돌아와 손바닥에 그려 본 땀에 지워진 고향의 논둑길을 보자 순간 혹부리 영감네 원두막 기억이 언뜻 스치고 지나감과 거의 동시에 바깥의 강한 여름 햇볕이 차창으로 비춰들고 있음을 확인한다.

마지막 넷째 컷에서는 강한 햇빛으로 눈이 아리어 오는데 순간 창밖에는 소나기가 한 줄기 쏟아진다. 여기가 바로 이 시의 클라이맥스요 전체 이미지의 정서적 종합이 있는 부분이다.

부산으로의 여행길에서 문득 떠오른 고향생각으로 시인의 마음은 지금 무척 쓸쓸하고 암담하다. 이런 우울한 기분을 이른바 T.S. 엘리엇이 말한 '객관적 상관물'(objective correlative)이란 기법 도입을 통해 정서적 호응(emotional sequence)을 유도시키고 있는 곳이 바로 이 마지막 넷째 컷이다. "차창에 부우연 내 얼굴이 겹쳐 오는데/ 그 어머니의 얼굴에서 빗방울이 흘러 내리는데"— 여기엔 영화의 오버랩 수법이 있고 동시에 어머니의 얼굴에서 흘러 내리는 빗방울은 곧 아들을 그리워하는 어머니의 눈물이요, 또 어머니를 그리워하는 시인의 눈물임을 동시적으로 나타내는 '객관적 상관물' 이 되고 있다.

달리는 열차내에서 시간 흐름의 순행順行 구조에 따라 상상장면, 회상장면, 환상장면을 마치 영화처럼 적절히 현재의 일과 교차 · 직조織組하면서 분단 비극과 고향 그리움을 한恨의 정서로 승화시킨 점을 높이 평가할 수 있다. 주제와 그 주제 형상화의 기법적 측면으로 보아 '분단시' 의 절창급에 속한다.

생태시의 시적 데포르마숑

— 이병훈의 〈下浦하포길〉

下浦하포길 _ 이병훈

농부는
농약을 물고 논두렁에 쓰러진
황새를 묻고 있었다.
긴 다리
뿌리째 뽑힌 소나무
하늘빛이 묻은 눈에 흙이 들어가고
구름이 묻은 바람이 묻은 날개가 깔렸다.
풀이 묻은 물방울 묻은 주둥이에 흙이 물려
미처 뱉지 못한 목소리
해는 쓸쓸히 서녘을 넘가고 있었다.

이병훈(李炳勳) _ 전북 옥산 출생(1925.4.15~2009.2.15). 『자유문학』에 〈단층斷層〉(1959) 〈흰줄기의 길〉(1959) 〈길〉(1960) 등이 추천 완료되어 등단. 시집 《단층》 《하포길》 《멀미》 《어느 흉년에》 《달무리의 작인》 《눈 뜨는 하현》 《물이 새는 지구》 《지리산》 《휴전선의 억새》, 장편서사시 《녹두장군》 등 18권 상재. 전북문화상(1973, 문학부문), 모악문학상, 현대시인상, 제38회 한국문학상, 제1회 촛불문학상, 2006년 군산문학상 등 수상.

다음날
황새는 그림자가 되어
그 들녘을 건너가고 있었다.

해설과 심층분석

이병훈 시인의 시 〈下浦하포길〉은 환경생태시로서 황새의 죽음을 소재로 하고 있다. 시적 화자는 물론 시인이지만 1인칭이 아니라 3인칭 관찰자의 입장에 서 있다.

전체 13행으로 되어 있는 이 작품은 의미단위로 보면 4문단으로 나뉘어진다. 시간 배경은 어느 날 오후 해질 무렵, 그리고 그 다음날이다.

일단 편의로 4연의 4문단으로 잘라 보면 제1문단은 공간설정으로서 황새의 죽음과 묻는 행위의 서술적 이미저리로 시작되고 있다. 제2문단은 묻어주는 과정에서 본 황새의 주검의 모습을 상세한 묘사적 이미저리로 형상화 시키고 있다. 그 다음의 제3문단은 해가 지고 있다는 시간배경의 설정으로, 오로지 서술적 이미지로 간단히 처리되고 있다. 끝 문단은 시간배경이 다음날로 바뀌면서 역시 서술적 이미지로 마무리되고 있다.

이런 이미지들의 연결구조로 되어 있는 이 시는 첫째, 농부의 마음을 통해 황새의 죽음과 주검에 대해 그 정서적 반응이 쉽게 나타날 법도 한데, 무정하리만치 일체 그런 반응을 배제하고 있다는 점이다. 그것은 곧 환경공해의 무정성 내지 비정성을 관찰자의 시점에서 객관적으로 표현해 보고자 한 의도였다 해석할 수 있다.

단지 셋째 문단 즉, "해는 쓸쓸히 서녘을 넘가고 있었다" 에서 오로지

'쓸쓸히' 란 한 단어를 통해서만 심상적 풍경 내지 정서적 반응을 보이고 있는 셈인데 이것이 곧 이 시의 특징 중의 하나다. 그리고 나서 곧 "다음 날/ 황새는 그림자가 되어/ 그 들녘을 건너가고 있었다" 로 연결되어 마무리되고 있다.

이 부분들이 곧 이 시를 좋은 시로 격을 높여준 하이라이트이다. 부연해 보면 황새의 죽음과 서녘으로 지는 해의 두 이미지적 결합이 그 죽음을 더욱 슬프게 해주는 수사적 장치가 되고 있으며, 또 하나는 죽은 황새의 혼이 마치 환생이나 한 것처럼 그림자가 되어 삶의 둥지인 그 들녘을 떠나 영혼 또는 영원의 나라로 날아간다는 재생 모티브의 암시 같은 환상적 이미지 처리가 일품逸品이다.

그리고 "하늘빛이 묻은 눈", "구름이 묻은 바람이 묻은 날개" 등속의 표현에서 시인의 예민한 감각적 감수성을 읽을 수 있어서 좋으며, 또 끝행에 나오는 '들녘' 이란 단어와 유사한 음상적 호응이 오도록 '서편' 이나 '서쪽' 을 피하고 일부러 '서녘' 이란 단어를 골라 썼다는 점도 새겨둘 만하다.

환경시라고 다 좋은 것은 물론 아니다. 딱딱한 육성의 메시지보다는 시적 여과의 데포르마숑을 통해 은은함이 느껴진다면 그것이 더 값질 수 있다는 것을 이 시가 잘 보여주고 있다.

끝으로 욕심을 부려 소재의 대상이 '황새' 대신 천년을 산다는 십장생 중의 하나인 '학' 이었다면, 그 효과가 극대화 될 수 있었지 않았나 싶다. 장생의 새가 농약으로 단명해 갔다고 했다면 분명 문명의 아이러니가 보다 예각적으로 드러날 수 있었기 때문이다.

이별과 그리움, 세 가지 층위 해석의 복합

– 문병란의 〈織女직녀에게〉

織女직녀에게 _ 문병란

이별이 너무 길다
슬픔이 너무 길다
선 채로 기다리기엔 은하수가 너무 길다.
단 하나 오작교마저 끊어져 버린
지금은 가슴과 가슴으로 노둣돌을 놓아
면도칼 위라도 딛고 건너가 만나야 할 우리,

선 채로 기다리기엔 세월이 너무 길다.
그대 몇 번이고 감고 푼 실을
밤마다 그리움 수놓아 짠 베 다시 풀어야 했는가.

문병란(文炳蘭) _ 전남 화순 출생(1935.3.28.~2015.9.25). 조선대학교 국문학과 졸업. 『현대문학』에 시 〈가로수〉(1959. 10) 〈밤의 호흡呼吸〉(1962. 7) 〈꽃밭〉(1963. 11) 등이 추천 완료되어 등단. 시집 《문병란 시집》 《정당성》 《죽순 밭에서》 《벼들의 속삭임》 《땅의 연가》 《동소산의 머슴새》 《견우와 직녀》 《인연서설》 《시와 삶의 오솔길》 《법성포 여자》 《장난감이 없는 아이들》 외 다수. 전남문학상, 요산문학상 외 수상 다수.

내가 먹인 암소는 몇 번이고 새끼를 쳤는데,
그대 짠 베는 몇 필이나 쌓였는가?

이별이 너무 길다
슬픔이 너무 길다
사방이 막혀 버린 죽음의 땅에 서서
그대 손짓하는 연인아
유방도 빼앗기고 처녀막도 빼앗기고
마지막 남은 머리털까지 빼앗길지라도

우리는 다시 만나야 한다.
우리는 은하수를 건너야 한다
오작교가 없어도 노둣돌이 없어도
가슴을 딛고 건너가 다시 만나야 할 우리,
칼날 위라도 딛고 건너가 만나야 할 우리,

이별은 이별은 끝나야 한다
말라붙은 은하수 눈물로 녹이고
가슴과 가슴 노둣돌 놓아
슬픔은 슬픔은 끝나야 한다, 연인아.

해설과 심층분석

2015년엔 광복 70주년과 분단 70년을 맞이했다. 그동안 많은 문인들도 민족통일의 꿈을 염원해 왔다. 내 자신도 지난 날 '웅비雄飛의 조국 미래를 그려보며' 란 부제로 수필 '민족의 대망待望' 을 쓴 바도 있었다. 민족통일을 위해 잠자고 있는 민족혼을 마치 초혼해 보는 심정에서 그 애달픔 그리고 미래에 대한 꿈을 호소하듯 피력한 바 있다.

이런 맥락과 연관 있는 문병란 시인의 시 〈직녀에게〉를 소개해 보고자 한다. 이 시는 1976년도 시전문지 『심상』에 발표되었고, 다음 1981년도에 출간된 시집《땅의 戀歌연가》에 수록되어 있다.

알다시피 우리 민족에게 견우직녀 설화만큼 뿌리 깊이 박혀 있는 설화는 달리 없어 사랑과 이별 그리고 그리움의 원형심상이 기히 되어 있다. 그래서 저 먼 과거에서부터 오늘에 이르기까지 많은 문사들이 이를 제제나 소재로 삼아 직간접으로 그런 심상을 노래도 했다.

비근한 예로 미당 서정주가 〈견우의 노래〉를 지은 바 있다. 이 시에서 그는 "우리들의 사랑을 위하여서는/ 이별이, 이별이 있어야 하네"라고, 또 "오! 우리들의 그리움을 위하여서는/ 푸른 은핫물이 있어야 하네"라면서 그 어쩔 수 없는 운명의 이별과 그리움을 서러운 역설적 자위로 삼을 수밖에 없다는 사실을 일깨워 주기도 했다.

이 시 〈직녀에게〉도 물론 크게는 이런 '견우직녀 설화' 에 근거를 두고 있다. 그렇지만 이 시의 주제 강화를 위해 설화의 기본 프레임 하나를 변형시켜 새롭게 재구성해 놓고 있다. 말하자면 시적 변용을 위한 장치요 틀인 셈이다. 그 변형이란 다름 아니라 늘 1년에 한 번씩 칠월칠석이면 놓여졌던 오작교가 지금은 끊어져 없어졌다는 사실의 설정이다.

물론 다 아는 사실이긴 하지만 이런 점의 보충 설명을 위해 여기서 견우직녀 설화를 다시 한 번 음미해 볼 필요가 있다. 원래 직녀는 하느님의 손녀로 길쌈을 잘하고 부지런했으므로 하느님이 매우 사랑하여 건너편의 하고河鼓라는 이름의 목동 견우와 혼인을 시켜주었다. 그런데 이들 부부는 그만 신혼의 즐거움에 빠져 게으름만 피웠다. 이에 화가 난 하느님이 드디어 그들을 다시 떨어져 살게 하되 단, 1년에 한 번 칠월칠석날만 만날 수 있게 했다는 이야기다.

그런데 이렇게 1년에 한 번씩 만나는 것도 서럽고 애가 타고 그리울 텐데 이 시에서는 아예 오작교마저 끊어져 버렸으니 그 얼마나 답답하고 가슴 아프겠는가! 결국 이 시는 이런 점을 부각시키기 위해 이 시인의 기량의 한계에서 최대로 시적 상상력과 시적 수사력을 동원하여 서정시로 재탄생시켜 본 것이다.

5연 26행으로 된 이 시는 통상적인 일반 시의 길이에 비해 긴 만큼 오랜 세월에 걸친 이별과 슬픔, 그냥 건너기엔 너무나 긴 은하수에 대한 원망, 긴 기다림의 안타까움과 긴 세월의 흐름에 대한 무심성 그리고 이런 것과는 좀 달리 이러한 상황을 극복할 수 있는 마음가짐과 심지어 목숨까지 내걸려는 듯한 단호한 결의 등등이 유감없이 표현되고 있다.

그리고 이런 내용의 전체적 흐름을 다시 분류해 보면 마치 은하수를 두고 직녀와 견우가 이쪽과 저쪽에 나누어져 있듯 1,2연의 전반부와 3,4,5연의 후반부로 나눌 수 있다. 전반부가 건너편 직녀에게 견우가 이별과 기다림에서 오는 오매불망의 애타는 그리움의 심정 토로와 그 호소라면, 후반부는 이를 극복해 보려는 단호한 결의와 다짐이다.

그래서 전반부에서는 "이별이 너무 길다./ 슬픔이 너무 길다"로 시작하여 '은하수가 너무 길다' '세월이 너무 길다'가 나오다가 후반부 3연에서 다시 "이별이 너무 길다./ 슬픔이 너무 길다"가 강조를 위해 반복되고 있다. 그리고 연이어 그 어조가 사뭇 달라진다. 그 어떤 위험이 있을지라도, 그 어떤 대가를 치를지라도 "우리는 다시 만나야 한다./ 우리들은 은하수를 건너야 한다" 라는 다짐을 비롯해, "이별은 이별은 끝나야 한다" 와 끝행인 "슬픔은 슬픔은 끝나야 한다" 는 등의 결의로 마무리된다.

나는 이런 내용, 이런 구성이나 구조로 되어 있는 이 시를 마치 그리스 신화에 나오는 '필록티티즈의 침대' 의 우화처럼 너무 일방적으로만 어떤 틀에 끼워 맞추듯 하는 해석을 하고 싶진 않다. 사실 그런 해석들을 더러 본 적도 있다. 문학 작품을 향수하는 독자의 입장에서라면 취향에 따라 다원적 해석도 가능하다고 보아 세 가지 층위에서 일단 정리해 보고자 한다.

첫째, 순수히 주인공 견우가 직녀를 못잊어 오매불망하는 그 그리움의 실체를 재탄생시킨 현대적 시적 설화로서만 이해하고 감상할 수도 있다.

둘째, 영시대적으로는 견우와 직녀를 빗대어 노래해 본 남녀 간의 사랑과 그리움 그리고 이별의 슬픔을 대리 체험케 해 주는 정서적 카타르시스의 작품도 된다.

셋째, 맨 앞에서 밝힌 바와 같이 시대상황이란 역사주의 관점에서라면 남과 북의 만남과 통일염원의 시로도 해석할 수 있다.

요는 밥상에 차려진 여러 반찬 중 그 어느 반찬에 먼저 젓가락이 갈 수 있느냐와 같은 그 선택은 오로지 독자의 취향이나 기호에 맡겨져 있을 따름이다. 그렇지만 모든 우리 민족이 통일을 염원하는 이런 시대상황에서라면 무엇보다도 셋째 번에 무게를 두고 감상하는 것이 매우 바람직하다. 만약 통일 이후라면 그 선택, 그 감상은 자유이리라.

끝으로 사족삼아 덧붙이는데 이 시를 지난 시절의 이른바 '5.18 광주사태' 와 연관시켜 해설하는 경우가 더러 보이는데, 이는 견강부회요 '억지 춘향' 식이다. 이 시는 '광주사태' 가 일어나기 훨씬 이전에 창작된 점을 놓치고 하는 소리다.

환경생태시의 그 선구적 시도

– 신세훈의 〈잠실 밤개구리〉

잠실 밤개구리 _ 신세훈

잠실 밤개구리가 운다.
밤새도록 밤새도록 운다.
울음숲을 이루며 잠실잠실
실실실 잠실……
아파트가 더 들어서면
고향을 잃어버린다고 운다.
비 맞은 인디언 물귀신처럼 운다.
아스팔트가 덮이면
변두리 산으로 쫓겨나
숨 다할 거라고 무한정 밤을 운다.

신세훈(申世薰) _ 경북 의성 출생(1941~). 중앙대학교 연극영화과 졸업. 동국대학교 대학원 수료. 1962년 『조선일보』 신춘문예에 시 〈강과 바람과 해바라기와 나〉가 당선되어 등단. 시집 《티우이들의 현장》《비에뜨남 엽서》《강과 바람과 산》《사랑 그것은 낙엽》《뿌리들의 하늘》《조선의 평행선》《꼭둑각시의 춤》《체온이야기》《3·4·5·6조》《사미인곡》《아흐, 동동 천부경 나라》 등 15권 상재. 청마문학상 외 수상 다수.

잠실 밤하늘을 원망이라도 하듯
순하디 순한 흙값이 금값임을
허공천에 대고 원망이라도 하듯
잠실 밤개구리가 새워 새워 운다.
금구렁이들이 자꾸자꾸 모여들면
이제 울 수도 없을 거라고 자꾸 운다.
울음시위와 울음화살로는
마른 번갯불로 빛나는 그림자 앞에서는
울어봐도 다 소용 없을 거라고 자꾸 운다.
여름밤 인디언 물귀신처럼 그리 슬피 운다.

해설과 심층분석

신세훈 시인의 시 〈잠실 밤개구리〉는 1980년도에 발표된 작품이다. 벌써 37년 전이다. 그 당시는 잠실지역이 갓 개발이 시작된 때이고 또 한편 요즘 우리가 곧잘 언급하고 있는 '환경생태문학' 이란 것이 거의 논의도 없었던 때다.

이런 시기에 일찍부터 이런 류의 작품으로 〈잠실 밤개구리〉가 나왔다는 것은 한 마디로 미래에 대한 이 시인의 예언적 직감력이 있었다 할 수 있다. 이 시가 쓰여지고 또 처음 발표될 당시만을 미루어 보면 시인은 인간의 무분별한 자연 파괴나 훼손 그리고 땅 투기를 일삼고 있는 투기꾼들의 탐욕을 경계해 보자는 환경사회학적 발상에서 썼으리라 본다.

그러나 이제 다시 읽어보면 그런 점이 곧 요즘의 환경생태시를 그 누구보다도 앞서 시도했다는 사실임을 확인할 수 있는 것이다. 환경시가 환경오염을 고발하고 환경보존의 중요성을 강조한다는 점, 그리고 생태시가 자연생태계의 보존이나 회복을 강조한다는 점을 상기해 보면 누구나 쉽게 납득이 가리라 본다.

그러면 이 시의 전체 내용을 통해 그런 점을 직접 알아보기로 하자. 2연 20행에 각 연을 공히 10행으로 맞추어 놓고 있는 이 시의 특이점은 '운다' 라는 말이 무려 9번이나 반복되고 있다는 사실이다. 우스개이지만 가히 개구리의 '울음 합창' 이라 이를만 하다고나 할까. 슬퍼서 울고, 서러워서 울고, 원망스러워 울고, 한탄이나 탄식으로 울고 있다. 다시 말해 개구리가 앞으로 닥칠 자기 미래의 신세를 상상해 보며 슬퍼하는 그 울음에는 각각 약간 다른 울음의 이유나 의미가 부여되어 있다는 뜻이다.

제1연의 첫 1행에서 4행까지는 도입인 만큼 '잠실 밤개구리' 가 단지 울고 있다는 상황설정의 단순 정보만 나온다. 그러나 그 다음 5행에서부터 10행까지에서 비로소 그 울음의 이유를 밝혀주고 있다. 앞으로 아파트가 더 들어서고 또 길에 아스팔트가 덮이면 결국 고향을 잃고 변두리 산으로 쫓겨나 죽게 될 신세임을 슬퍼하는데, 이때의 울음은 곧 서러움이나 한탄의 울음이다

그 다음, 2연의 1행에서 6행까지는 인간의 이기심을 원망하듯 하는 울음이다. 잠실의 흙값이 금값이 되고 또 '금구렁이' 로 상징되고 있는 투기꾼들이 모여들면, 울 수도 없는 신세가 되리라는 한탄과 원망이 뒤섞인 울음이다. 그 다음 7행에서 끝행 10행까지는 개구리의 유일한 저항무기인 울음시위나 울음 화살로는 어차피 인간들의 완력 앞에선 아무 소용없다는 자기파악으로서의 울음이다. 이때의 울음은 자기 무력감에서 온

자포자기의 울음인 동시에 탄식의 울음인 셈이다.

이렇게 볼 때 이 시는 환경문제와 생태문제를 두루 다루고 있다 하겠는데 한갓 미물에 지나지 않는 개구리를 주인공으로 내세워 범생명주의를 환기시키고 있는 개구리의 이 울음 비가悲歌야말로 환경이나 생태문제가 심각한 오늘을 사는 우리들에게는 하나의 경종이요 자성의 거울이 된다 하겠다.

그런데 이 시의 해설이나 풀이를 단지 여기서 끝낼 수는 없다. 시해석의 다의성 측면에서 보면 또 다른 해석이 기다리고 있다. 즉 표층적 견지에서 보면 이 시에서 개구리는 물론 개구리로서 그 존재 자체를 말하는 것이지만, 심층 해석을 한다면 그 당시 잠실벌에 살고 있었던 가난하고 힘 없었던 토착민의 상징일 수도 있다.

이 시에서 두 번이나 반복해서 나오는 "인디언 물귀신처럼 운다"라는 비유가 결정적으로 그런 해석의 암시가 되고 있다. 토착민인 아메리카 인디언들이 바다 건너온 백인들에 의해 삶의 근거지에서 쫓겨났듯 우선 일차로 개구리야 말할 것도 없지만, 결국은 힘없고 가난한 토착민도 외지에서 들어온 '힘 있는 자'나 '가진 자'들에 의해 그런 꼴이 되리라는 점을 암시하고 있다는 해석도 가능하다. 여기에 이 시의 또 다른 해독의 묘미가 있다.

평이한 듯함과 동시에 시인이 뜻하고자 하는 바가 잘 전달이 되고 있다. 그리고 환경 파괴의 주범인 인간을 직접 내세우지 않고 '금구렁이'나 "마른 번갯불로 빛나는 그림자"라는 은유로 간접화 하고 있는 것도 여운의 맛을 나게도 한다.

연탄불의 교훈, 정치권에 던져보는 쓴소리

— 홍신선의 〈연탄불을 갈며〉

연탄불을 갈며 _ 홍신선

컨테이너 간이밤바집 뒤 공터에서
연소 막 끝난 헌 연탄재 치석 떼듯 떼어버리고
위의 것 밑으로 내려놓고
십구공탄 새 것을 그 위에 올려놓는다
하나하나 생식기 맞춰 넣고 아궁이 불문 열어두면
머지않아
자웅이체가 서로 받아주고 스며들어
한 통속으로 엉겨 붙듯
연탄 두 장 골격으로 활활 타오르리라

홍신선(洪申善) _ 경기 화성 출생(1944~). 동국대학교 국문과 졸업. 동 대학원 수료. 문학박사. 1965년 시전문지 『시문학』에 시 〈희랍인의 피리〉 〈비유를 나무로 한 나의 노래는〉 〈이미지 연습〉 등이 추천 완료되어 등단. 시집 《서벽당집》 《겨울섬》 《삶, 거듭 살아도》 《우리 이웃 사람들》 《다시 고향에서》 《황사바람 속에서》 《자화상을 위하여》 《우연을 점찍다》 등과 다수의 이론서 상재. 녹원문학상, 현대문학상 외 수상 다수.

둥근 몸피 속속들이 푸른 불길 기어나와
단세포 목숨처럼 탄구멍마다 솟구치리라 꿈틀대리라
왜 통합이고 통일인가
연탄불 신새벽녘 갈아보면 모처럼 너희도 안다
후끈후끈 단 무솥 안에서
더 요란스럽게 끓어 넘치는
뭇 사설들의 뒷 모습들

해설과 심층분석

홍신선 시인의 시 〈연탄불을 갈며〉는 2008년도 모 계간지에 발표되었고, 또 2009년도에 나온 시집《우연을 점 찍다》에 수록되어 있다.

내용이 언뜻 보기에는 아주 단순하다 싶다는 인상을 줄 수도 있지만 여타의 작품들과는 사뭇 그 맛이 다르다 싶어 소개해 본다.

두 가지 점에서다. 구사되고 있는 성적 언어의 비유가 그 하나이고, 다른 하나는 시의 전개를 일직선식으로 차근 차근히 해 나오다 느닷없이 급회전 하는 식으로 진행 코스를 아예 바꿔 새로운 종착점에 닿고 있는 점이다.

여기서 성적 언어, 성적 비유란 말이 나오고 보니 문득 우리의 민요나 가요의 노랫말이 떠오른다. '함양 산청 물레방아 물을 안고 돌고' 에서 나오는 물과 물레와의 관계, '도라지타령' 에서 백도라지와 대바구니와의 관계, 디딜방아 '방아타령' 에서 나오는 방아공이와 확과의 관계에는 각각 남녀의 성과 그 관계가 은유화 되어 있다. 그리고 백설희의 '첫사랑의 문', 현미의 '총각김치', 문주란의 '돌지 않는 풍차', 심수봉의 '남자는 배 여자는 항구' 등에도 남녀의 성이 은유화 되어 있는 에로티시즘이 있다.

한 마디로 말해 이런 에로티시즘은 어느 누가 근엄한 도학자나 도학자연하는 사람이 아니라면 좋게 말해 인간의 무의식적 성적 욕구를 발산시키고 충족시킬 수 있는 심리 치유의 알약도 된다.

이런 맥락에서 이 시를 살펴보면 '생식기' '자웅이체' 란 말이 나온다. 아래쪽에 있는 탄 구멍과 위에 얹혀져 있는 탄 구멍을 '생식기' 로 또 두 탄을 수컷과 암컷의 결합인 '자웅이체' 로 표현한 그 은유가 묘한 성적 상상력을 자극해 주고 있다. 곁들여 '불문 열어두면' '구멍' 이란 표현도 이 시의 분위기로 보아서는 성적 상상력의 자극에 일조를 하고 있다.

그러면 다음은 내용의 급회전이 과연 어떤 식으로 이루어지고 있는지를 살펴본다. 1행에서 4행까지는 시의 화자가 이 시의 공간 현장에서 지금 직접 다 타버린 연탄재를 끄집어내 새 것으로 갈아주는 장면이다. 그 다음, 5행에서 순간 갈아 넣은 화덕의 아궁이 불문을 금방 열어 둘 일을 생각하며, 11행까지는 두 탄이 엉겨 붙어 불이 잘 타서 올라오리라는 여러 모습에 대한 시적 화자의 순전한 상상이 뒤따른다. 말하자면 여기까지가 연탄을 가는 현재의 일과 이로 말미암아 촉발된 상상과 그 상상 과정의 장면 묘사 부분이다.

그 다음 바로 12행에서부터 시의 진행상의 급회전 아니면 내용 흐름의 전환이 있다. 즉 시적 화자가 직접 육성의 목소리를 내뱉고 있다. 여기에 이 시의 주제가 있다. "왜 통합이고 통일인가/ 연탄불 신새벽녘 갈아보면 모처럼 너희도 안다"라는 부분이 곧 정치권에 쏘아 던져보는 냉소적 쓴소리인 셈이다. 이 부분이 가장 맛깔스러워 깊이 알아볼 필요가 있다. 말없는 두 장의 연탄불은 서로 엉겨 붙어 불을 주고 받으며 잘도 타서 서로 통합도 잘 되고 통일도 잘 되는데 이런 사실도 모르고 정치인들은 공염불 같은 통합이니 통일이란 소리를 하고 있으니 오히려 연탄불에서 그런 점을 배워보라는 힐책성 교훈을 던지고 있는 것이다. 더욱이 신새벽녘에 연탄불을 갈아보면 그런 사실을 더욱 절감하게 될 테니 한 번 해 보라고 힐책성 충고도 하고 있다.

그런 만큼 이 시는 서민들의 불이랄 수 있는 사소한 듯한 연탄불에서 크게는 통합이 되었건 통일이 되었건 화합의 원리를 이끌어내 대 사회적 발언으로 삼고 있는 발상이 재미와 위트가 있다. 그리고 약간은 에로티시즘의 자극과 충족이 있는 점도 장점이라면 장점이라 하겠다.

불가佛家적 생명존귀사상의 노래

— 천양희의 〈어떤 하루〉

어떤 하루 _ 천양희

건설중인 빌딩 꼭대기에
둥지를 튼 송골매 두 마리가
새끼를 낳아
다른 곳으로 날아갈 때까지
공사를 중단했다는 이야기가 몇 년 전
오스트렐리아 멜버른에서 들려와
나를 감동시키더니
우리는 언제 저렇게 아름답게
살 수 있을까 궁금해지더니
며칠 전 신문을 보고

천양희(千良姬) _ 부산 출생(1942~). 이화여자대학교 국문학과 졸업. 1965년 『현대문학』에 시 〈정원 한 때〉 〈화음〉 〈아침〉 등이 추천 완료되어 등단. 시집 《신이 우리에게 묻는다면》(1983) 《사람 그리운 도시》 《하루치의 희망》 《마음의 수수밭》 《단추를 채우면서》 《물에게 길을 묻다》, 《오래된 골목》 《나는 터널처럼 외로웠다》 《너무 많은 입》(2005) 등 상재. 1998년 현대문학상, 2005년 공초문학상, 2011년 만해문학상 등 수상.

일어날 수 없는 일이 일어난 것처럼
놀랐느니
아파트 공사장에
까치 한 마리가 새끼를 낳아
다른 곳으로 날아갈 때까지
공사를 중단했다는 이야기가
멜버른이 아닌
우리나라 서울에서 들려와
나를 감동시키느니
이것이 사랑하며 얻는 길이거니
득도의 길이거니
아름다움과 자비는
어디에서나 자랄 수 있는 것
나, 오는 무우전無憂殿에 들고 말았네.

해설과 심층분석

천양희 시인의 시 〈어떤 하루〉는 전체 24행으로 되어 있다. 크게 말하면 환경생태시요, 주제적 측면에서 좀 좁혀 말해 보면, 불가적 생명존귀 사상의 시이다. 벌레 한 마리라도 생명이 있는 것을 함부로 하지 않는다는 생명존귀의 그 주제적 동일성이나 동질성을 두 예화에서 발견하고 그 감동을 노래하고 있다.

맨 먼저 몇 년 전에 들은 적이 있는 오스트렐리아 멜버른에서 있었던 미담 이야기와 그 감동을 우선 말해 주고, 그 다음 서울에서 있었던 유사 미담을 소개하면서 그 감동을 말하고 있다. 만약 이 시가 어느 한쪽 미담만을 소재로 했다면 그 효과는 약할 수밖에 없었는데, 두 미담의 예화가 상호 보족적으로 병치되어 있어 시의 품격을 격상시켜 주고 있다. 그리고 예화의 기능적 의미로 보면 앞의 외국 예화는 보조 예화이고, 뒤의 국내 예화는 주主내지 중심 예화로서 그 기능을 하고 있다.

그러면 이 두 예화를 이 시에서는 어떻게 시적으로 형상화 시키고 있는가를 잠깐 살펴보기로 하겠다.

몇 년 전에 들었던 오스트렐리아 멜버른에 있었던 예화 소개 → 감동 받음 → 그 예화에서 문득 우리의 경우가 생각나 대비해 생각해 보니 부러운 마음이 들었다는 심경토로. 그 다음, 며칠 전 국내신문에서 예상 밖의 그와 유사한 일이 있었던 기사를 보고 놀랐던 일 → 그 놀랐던 기사의 예화 소개 → 감동 받음 → 종합 마무리로써 "이것이 사랑하며 얻는 길이거니/ 득도의 길이거니/ 아름다움과 자비는/ 어디에서나 자랄 수 있는 것" 이란 시인의 인생론적인 아포리즘 피력 → 끝 행은 생명경시 문제를 그렇게 걱정하자 않아도 되겠다는 뜻에서 상징적으로 "나, 오늘 무우전無憂殿에 들고 말았네." 로 마무리하고 있다. 이는 곧 그야말로 시의 제목처럼 '어떤 하루' 에 경험했던 삶의 자족적 충일감을 숨김없이 보여주는 경우다.

그러고 보면 이 시 속의 앵글은 공간(외국)과 공간(국내)으로 이동하다가 그 다음, 인생론적인 아포리즘을 넣고 또 최종적으로는 자기에게로 돌아와 자기심경을 토로하고 있는 그 짜임이 견고하면서도 감동을 준다.

특히 시작에 있어서 국외와 국내란 두 이질공간의 유사한 이야기나 또는 그런 이미지를 병치시키는 기법은 시 고품질화 기법 중의 하나에 속한다.

가령 김광균은 〈추일서정秋日抒情〉에서 한국의 가을(낙엽)과 폴란드 도룬시市의 가을 하늘을 병치시키고 있으며, 김춘수는 〈부다페스트에서의 소녀의 죽음〉에서 부다페스트 소녀의 죽음과 6.25 때 한강에서 죽어간 소녀의 죽음을 병치해 보고 있는데 바로 그러한 기법들이 그 예이기도 하다.

이런 기법은 한 마디로 그것이 인유적 이미지의 결합이 되었건, 인유적 이야기의 결합이 되었건 독자들에게 상상력을 확대시켜 줌과 동시에 어떤 경우에는 덤으로 이국정서까지 환기시켜 주는 장점이 있다.

그리고 이 시의 문체도 그 내용과 잘 부합하고 있다. '다' 라는 종결어미로 적당히 끝낼 수 있는 문맥인데도, 연결어미 '~더니' 2번, '~느니' 2번, '~거니' 2번을 사용하여 시의 흐름을 유장하게 이끌어 가고 있다. 이 시의 정서가 바로 '감동' 에 있는 만큼 감동의 여운을 살리는 데에는 이런 연결어미의 사용이 감칠맛을 내주고 있다 하겠다.

소련 노래 '사과꽃'을 통해 본 민족 비극의 여운

— 이향아의 〈사과꽃〉

사과꽃 _ 이향아

6.25사변이 터지던 몇 해 후
이북에서 월남했다는 내 친구 경옥이
경옥이 얼굴은 사과꽃같이 작았다
목청을 떨며 사과꽃 노래를 불렀었다
이북에서 배웠노라는 소련 노래 사과꽃
발바닥으로 마룻장 굴러 손뼉을 치며
아버지가 알면 혼찌검이 난다면서
그애는 졸라대면 사과꽃을 불렀었다
우리가 이남에서 미국 노래를 배울 때

이향아(李鄕我) _ 충남 서천 출생(1938~). 경희대학교 국문학과 졸업, 동 대학원 수료. 문학박사. 1966년 『현대문학』에 시 〈설경〉 〈가을은〉 〈찻잔〉 등이 추천 완료되어 등단. 시집 《황제여》 《동행하는 바람》 《눈을 뜨는 연습》 《물새에게》 《껍데기 한 칸》 《갈꽃과 달빛과》 《강물연가》 《환상일기》 등 15권과 수필집 8권, 이론서 《시의 이론과 실제》 《현대시와 삶의 인식》 《창작의 아름다움》 등 상재. 시문학상 외 수상 다수.

경옥이는 이북에서 사과꽃을 배웠다
지금은 수녀가 된 내 친구 경옥이
사과꽃보다 이쁘고 향기로운 경옥이
소련에서 핀 사과꽃은 경옥이의 노래였다.

해설과 심층분석

이향아 시인의 시 〈사과꽃〉은 시인이 적성국가로 구분된 국가에 대한 여행 자율화가 된 시기인 1991년도에 소련지역을 여행하면서 사과꽃을 본 것이 창작의 동기였다. 그곳의 사과꽃을 보자 비록 수십 년이 지났지만 그 시절에 얼굴이 사과꽃같이 작았던 친구 경옥이가 연상된다.

그리하여 같은 또래의 소녀시절에 그와 나 사이에 있었던 과거의 이야기를 일단 풀어내 주고 있다. 이웃에 살았던 그는 6.25가 난지 몇해 후 이북에서 월남했다. 같이 어울려 놀 때 "이북에서 배웠노라는 소련 노래 사과꽃"을 내가 졸라대면 "아버지가 알면 혼찌검이 난다면서" 손짓 발짓으로 목청을 떨며 흥겹게 불렀다.

여기까지가 곧 그와 나 사이에 있었던 지난 시절의 이야기다. 그 다음 끝 부분 쯤에 가서 곧 바로 이런 사실에 대한 시적 화자의 진술이 따른다. "우리가 이남에서 미국 노래를 배울 때/ 경옥이는 이북에서 사과꽃을 배웠다" 이 부분이 말하자면 이 시의 핵심이다. 같은 나라인 이북에서 경옥이는 소련 노래를, 남한에서 나는 미국 노래를 각각 배웠다는 이 언사는 분단과 6.25전쟁이 크게 보면 외세의 힘을 업은 공산주의와 민주주의로 인한 불행했던 민족비극의 근원이었음을 암시마냥 슬쩍 환기시켜 주고 있다.

그리고 마지막 결미에서 경옥이에 관한 현재의 이야기로 마무리 된다. "지금은 수녀가 된 내 친구 경옥이/ 사과꽃보다 이쁘고 향기로운 경옥이 / 소련에 핀 사과꽃은 경옥이의 노래였다." 만약 이 시에서 이 부분이 없다고 가정해 보면, 이 시의 감동은 반감되고 말았을 것이다. 과거와 현재의 일을 접합 내지 접목시킨 이 부분에서 이 시의 효과나 감흥이 크게 살아났다 하겠다. 즉 소녀시절에 이북에서 월남했기에 갖은 고생을 하다 결국 그 질곡에서 벗어나기 위해 수녀의 길을 택했지 않았을까 하는 그 짐작의 정황이 바로 독자의 상상력을 불러일으키기에 충분하기 때문이다.

비록 이 시가 짧으면서 두 사람 사이에 있었던 과거와 현재의 작다면 작은 에피소드를 다루고 있다고 할 수 있을지 모르지만, 그것이 유발해 주는 효과와 울림은 예상 외로 크다. 분단과 전쟁이란 민족비극의 후일담으로서 그 잔영과 여운이 대표시로서 논해 볼 조건과 가치가 충분히 있다.

만남 그리고 평화의 간절한 소망

– 강은교의 〈우리가 물이 되어〉

우리가 물이 되어 _ 강은교

우리가 물이 되어 만난다면
가문 어느 집에선들 좋아하지 않으랴.
우리가 키 큰 나무와 함께 서서
우르르 우르르 비 오는 소리로 흐른다면.

흐르고 흘러서 저물녘엔
저 혼자 깊어지는 강물에 누워
죽은 나무뿌리를 적시기도 한다면.
아아, 아직 처녀인
부끄러운 바다에 닿는다면.

강은교(姜恩喬) _ 함남 홍원 출생(1945～). 연세대학교 영문학과 졸업, 동 대학원 국문학과 수료. 문학박사. 1968년 『사상계』 신인문학상에 시 〈순례자의 꿈〉이 당선되어 등단. 시집 《허무집》《풀잎》《빈자일기》《소리집》《붉은 강》《우리가 물이 되어》《바람노래》《오늘도 너를 기다린다》《벽 속의 편지》《어느 별에서의 하루》《등불 하나가 걸어오네》《초록 거미의 사랑》 등 상재. 1975년 한국문학작가상, 1992년 현대문학상 수상.

그러나 지금 우리는
불로 만나려 한다.
벌써 숯이 된 뼈 하나가
세상에 불타는 것을 쓰다듬고 있나니.

만 리 밖에서 기다리는 그대여
저 불 지난 뒤에
흐르는 물로 만나자

푸시시 푸시지 불 꺼지는 소리로 말하면서
올 때는 인적 그친
넓고 깨끗한 하늘로 오라.

해설과 심층분석

강은교 시인의 시 〈우리가 물이 되어〉의 주제는 만남과 거기에 따른 간절한 소망이다. 그리고 주된 이미지는 물과 불이다. 물이 화해나 화합 그리고 생성과 평화의 은유적 상징으로 나온다면, 반대로 불은 다툼이나 파괴 그리고 전쟁의 상징이다.

일단 이런 이미지로 짜여진 이 시의 구성을 보면, 1연과 2연은 너와 나 즉 '우리가 물이 되어 만난다면' 이라는 소망의 가정법 형이고, 3연에서는 물과 대비되는 불의 만남이란 반전으로 바뀌어 현재의 상황에 대한 서술적 진술이 따른다. 그 다음 4연에서는 불이 지나간 뒤의 만남을 호소하는 형식이 되고, 끝 연인 5연에서는 오로지 둘만의 깨끗한 만남의 공간으로 오라는 청유문 형식으로 마무리 되어 있다. 크게 보면 소망—반전—호소—청유다.

이 시는 1987년도에 출간된 동명의 시집 《우리가 물이 되어》에 수록되어 있는 작품이다. 그러고 보면 대충 이 시가 쓰여진 시기는 남북대화가 본격적으로 개시된 시기와 맞물려 있다. 시인은 이 시를 쓸 때 우선 우리 민족의 최대 비극이었던 6.25를 떠올려 보고 있다.

그래서 그 대화의 만남이 좋은 일이긴 하지만 일단은 근심 어린 우려를 나타내 보이고 있다. 그런 추리의 단서가 바로 "그러나 지금 우리는/ 불로 만나려 한다./ 벌써 숯이 된 뼈 하나가/ 세상에 불타는 것을 쓰다듬고 있나니." 에 간접화법 식으로 나타나 있다.

여기서 "벌써 숯이 된 뼈 하나" 란 6.25로 말미암아 죽어간 사람들의 상징으로 나온 것이라 볼 수 있으며, 그 뼈 하나가 "세상에 불타는 것을 쓰다듬고 있" 다는 은유는 곧 과거의 불운했던 민족사에 대한 긍휼의식의 표출이라 해석할 수 있다. 그런데 "지금 우리는/ 불로 만나려" 하니 심히 근심스럽고 우려된다는 것이 곧 시인의 생각이요 마음이다.

그러다 보니 4연에서는 조국의 평화를 오래도록 멀리서 기다리고 있는 추상적인 '그대' 를 불러보며 그 염원과 간절한 소망에서 "저 불 지난 뒤에/ 흐르는 물로 만나자" 고 애소하듯 호소해 보고 있다.

그 다음 끝 연 5연은 만남의 공간설정으로 바뀐다. "올 때는 인적 그친/ 넓고 깨끗한 하늘로 오라" 고 호소하듯 청유해 보고 있다. 그리고 순수한 민족끼리의 만남이 될 것을 염원도 해 보고 있다.

전체적으로 보아 '비' '물' '바다' '하늘' 이 긍정적 이미지로 구사되었다면, '불' 은 철저히 부정적 이미지다. 그리고 좁게는 이 시에 나타난

'우리' 란 단어는 너와 나의 인간관계란 뜻도 있겠지만 넓게는 남과 북만의 순수한 우리만의 민족끼리라는 뜻도 내포되어 있다. 이 시인의 민족 평화와 통일의 염원이 잘 나타나 있는 시로서 해석해 보면 '우리' 곧 민족 전체의 염원이 절절히 나타나 있는 시이다.

결론적으로 말해 '왜 이 시가 좋으냐' 하면 화해의 만남과 통일의 염원을 직정적으로 표현하지 않고 서정시적 감성으로 은은하게 표현하고 있기에 그 울림이 이 시에 나오는 용어를 빌리면 우리의 감성을 '쓰다듬고' 있기 때문이다.

농촌현실의 절망, 슬픔으로 승화시켜

– 정희성의 〈저문 강에 삽을 씻고〉

저문 강에 삽을 씻고 _ 정희성

흐르는 것이 물뿐이랴
우리가 저와 같아서
강변에 나가 삽을 씻으며
거기 슬픔도 퍼다 버린다
일이 끝나 저물어
스스로 깊어가는 강을 보며
쭈그려 앉아 담배나 피우고
나는 돌아갈 뿐이다
삽자루에 맡긴 한 생애가
이렇게 저물고, 저물어서

정희성(鄭喜成) _ 경남 창원 출생(1945~). 서울대학교 국문학과 졸업, 동 대학원 국문학과 수료. 1970년 「동아일보」 신춘문예에 시 〈변신〉이 당선되어 등단. 시집 《답청》(1974) 《저문 강에 삽을 씻고》(1978) 《한 그리움이 다른 그리움에게》(1991) 《시를 찾아서》(2001) 《돌아다보면 문득》(2008) 등 상재. 1981년 제1회 김수영문학상, 1997년 제2회 시와시학상, 2001년 제16회 만해문학상 등 수상. 민족문학작가회의 이사장 역임.

샛강 바닥 썩은 물에
달이 뜨는구나
우리가 저와 같아서
흐르는 물에 삽을 씻고
먹을 것 없는 사람들의 마을로
다시 어두워 돌아가야 한다

해설과 심층분석

정희성 시인의 시 〈저문 강에 삽을 씻고〉는 꽤 널리 알려진 작품이다. 그러나 그저 소문으로만 알고 있다거나 아니면 단순한 감상적 차원에서 가볍게 읽고 만 경우도 있으리라 본다.

그렇다면 왜 이 시가 이시대 대표시의 하나로 꼽힐 수 있는지를 한 번쯤은 심층분석해 보는 일도 필요하다.

전체 16행으로 연 가름 없는 내리닫이 시이긴 하지만 공교롭게도 문맥적 의미 단위로 연 가름을 해 보면 4행 4연 시가 된다. 각 연의 끝행은 3연 끝행이 '~구나' 란 감탄사로 끝나는 것을 제외하면 모두 '~다' 란 종결 어미로 끝나고 있다.

이 시의 특징은 농촌현실의 절망스러움을 울분에 삽자루를 무기인 양 들고 누구를 원망하거나 분노하는 식이 아니라 내적으로 연소시켜 슬픔의 세계로 승화시켜 서정화 시킨 데에 있다.

시의 화자는 '나' 이다. 이 '나' 는 시인 자신이 아니라 시학의 용어를 빌리면 나의 '탈' (mask 또는 Perseona)을 쓴 전달자로서의 '나' 이다.

1행～4행에서는 농부가 하루의 일을 마치고 "강변에 나가 삽을 씻으며/ 거기 슬픔도 퍼다 버린다"라고 되어 있다.

"흐르는 것이 물뿐이랴"란 첫 행과 연관시켜 보면 슬픔도 결국은 강물처럼 흘려 보낼 수밖에 없는 처지임을 말하고 있다.

5행～8행에서는 "스스로 깊어가는 강을 보며"라는 말이 나온다. 이는 곧 삽을 씻고 나서 다시 강을 쳐다보니 슬픔이 더 깊어진다는 것을 암시하고 있다. 그러나 힘없는 무지랭이 농민으로서 그것을 타개하거나 달랠 수 있는 방법이 달리 없기에 그저 담배나 피우며 울분이나 슬픔을 삭이고는 집으로 돌아가는 도리밖에 없음을 말하고 있다. 이런 해석은 "돌아갈 뿐"이라는 어구중 '뿐'이라는 강조사에 착목할 필요가 있다.

9행～12행에서는 "삽자루에 맡긴 한 생애"란 말이 나오는데 이는 곧 일평생 농부였다는 자기고백이며 또 "이렇게 저물고 저물어서"란 표현은 하루해도 꽤 저물었다는 뜻인 동시에 자기 인생도 이젠 나이가 들어 늙었다, 즉 저물었다는 이중의 의미를 내포하고 있다.

그런데 순간 "샛강 바닥 썩은 물에/ 달이 뜨는구나"라고 감탄하고 있다. '썩은 물'과 '달'은 사실은 이질적 결합이요, 상충적 결합이다. 이는 곧 김영랑의 "찬란한 슬픔의 봄"이나 이육사의 "겨울은 강철로 된 무지개인가 보다"라는 표현처럼 역설의 비극적 황홀을 맛보게 해 주는 부분이다.

그러면 왜 구태여 "샛강 바닥 썩은 물"이라 했을까 하고 의문을 품어보지 않을 수 없다. 단순한 정황묘사라면 '샛강에 달이 뜨는구나'로 할 수도 있지 않겠는가. 시인의 의도는 가난으로 허물어져(썩어) 가고 있는 농촌현실을 은유적으로 암시하고 있는 것이다.

13행～16행에서는 "우리가 저와 같아서"란 표현이 나오는데 깊이 살펴 볼 필요가 있다. 이는 곧 썩은 물에서이지만 밤마다 달이 뜨듯이 "흐르는 물에 삽을 씻고/ 먹을 것 없는 사람들의 마을로/ 다시 어두워 돌아가야 한다"는 가난의 일상적 반복이 계속된다는 것으로 해석할 수 있다.

평이하면서도 가난의 울분이나 절망을 슬픔으로 승화시켰기에 잔잔한 감동을 줄 수 있고, 또 '나'에서 확산된 '우리'(농민)의 내출혈 같은 아픔이 저주파처럼 짜릿하게 전해져 오고 있기에 대표시가 될 수 있었다.

일제 강점기 하의 민족 서러움의 한 슬픈 초상

— 서영수의 〈낯달〉

낯달 _ 서영수

북간도로 간
무 뿌리 같은 소녀
그 이마가 고왔다.

낯달이 내려다보는 울안
사금파리 소꿉질에
아버지가 됐던 나는
바지랑대같이 마디도 없는
뼈가 굵었다.

서영수(徐永洙) _ 경북 경주 건천 출생(1937~). 중앙대학교 문예창작과 졸업. 1972년 『현대시학』(박목월 추천)으로 등단. 1956년 「대구일보」, 1957년 「영남일보」, 1964년 「세계일보」 신춘문예 시 당선. 시집 《낯달》(1979) 《동천시초》(1985) 《경주하늘》(1990) 《선도산 일기》(1994) 《엇저녁 달빛》(1997) 《사랑하는 이의 흔적은 소중한 유품이다》(1998) 《바람의 고향》(2011) 등 상재. 금복문학상, 제48회 한국문학상 외 수상 다수.

뒤안 대숲에
바람이 깨어 술렁이던 날
점치고 돌아오는 할머니의 걸음만큼씩이나
징용 간 아버지의 편지가 날아왔다.

북간도로 간
무 뿌리 같은 소녀
만주 벌판의 해바라기 밭을 안고
한낮을 돌다 돌다

헐어버린
가슴으로
낮달은 멀겋게 떠서
나를 불러내었다.

해설과 심층분석

달은 동서양을 막론하고 예부터 많은 시의 질료나 소재가 되어 왔다. 달을 보고 문득 화랑 기파의 모습을 떠올려보는 향가 '찬기파랑가' 를 비롯하여, 20세기 초 영국의 이미지스트 시인 T. E. 흄이 불그레한 가을달을 보고 '붉은 농부의 얼굴' 을 연상하고 있는 '가을' 등이 그 좋은 예다.

이에 비해 낮달은 그 이용 빈도가 아주 낮다. 그래서 내용도 내용이지만 그런 점도 고려하여 일부러 서영수 시인의 시 〈낮달〉을 골라 보았다.

전체 5연인 이 시는 낮달을 보자 소년시절에 이웃에 살며 소꿉놀이를 같이 했던 소녀의 모습이 떠올라 그들 사이에 있었던 지난 일들을 회상해 보고 있는 작품이다. 시대는 일제 강점기이다. 이 시인이 1937년생이니 바로 소꿉놀이를 할 정도의 나이였음을 알 수 있다.

그럼, 5연의 내용을 하나 하나 언급하며 풀이해 보기로 한다.

1연에서는 살길을 찾아 가족과 함께 북간도로 떠난 그 소녀의 용모에 대한 언급이 먼저 나온다. 이마는 고왔고, "무 뿌리 같은 소녀" 란 표현을 보아 아마 나이에 비해 약간 키꼴은 좀 있는 듯싶고, 얼굴색은 희멀건했던 듯싶다.

2연에서는 "낮달이 내려다보는 울안" 에서 나는 그 소녀와 소꿉놀이를 하며 엄마 아빠 흉내를 내보기도 했는데, 제법 소년 남자 구실을 할 정도로는 되어 있었다.

3연에서는 징용으로 끌려간 이 시의 화자인 소년의 아버지로부터 편지가 이따금 날아왔고, 편지가 없으면 안달이 난 할머니가 점을 치러 다녔다는 이야기가 나온다.

4연과 5연에서는 드디어 소녀와 낮달에 대한 이미지의 통합이 이루어진다. 북간도로 이주를 간 그 소녀는 후일 좀 더 커서 만주벌판 해바라기 재배 밭에서 살려고 무진 고생을 했으리라 상상해 보며, 그 소녀가 오늘 환생한 듯 낮달이 되어 지금 나를 불러냈다는 것으로 마무리 된다.

이런 내용의 이 시는 말하자면 일제 말기에 우리 민족의 어느 가정에서건 경험했을 법한 한 시대의 불행하고 서러운 초상이다. 소년의 아버지는 징용을 당했고, 소녀의 가족은 북간도로 살길을 찾아 이주를 했으니 더욱 그렇다.

낮달이란 객관적 상관물을 이용해 그런 점을 서정적으로 부각시킨 점이 높이 평가받을 만하다. 특히 5연의 "낮달은 멀겋게 떠서/ 나를 불러내었다"는 종결 처리가 퍽 인상적이다. 물론 이 부분을 서두로 시작할 수도 있겠지만 일부러 여운효과를 감안했던 것이 아닌가 싶다.

이를 시의 구성론적 입장에서 다시 생각해 본다면, 물론 4연의 종결구를 시작의 첫 구로 제일 앞에 앞세워 수미상관식 구성도 가능하다. 시제상으로는 현재－과거－현재라는 순환 구조가 되어 깔끔할 수도 있다. 그러나 이 시를 다 읽고 나면 비로소 결국 첫 연에 나온 북간도로 간 소녀의 회상이 다름 아니라 낮달이 나를 불러낸 것이 구성적 동기가 되었구나 하고 독자로 하여금 생각의 여유를 갖게끔 하고 있다고 풀이할 수 있다. 일단 '감춤의 여운 효과'라고나 할까.

천상의 낮달과 소녀의 이미지를 결합시켜 지나간 시대의 민족의 서러움이나 불행을 환기시킨 점이 '우리 시대의 대표시'로서의 자격은 충분히 있다고 본다.

민족의 원형적 심상을 노래한 절창

— 송수권의 〈지리산 뻐꾹새〉

지리산 뻐꾹새 _ 송수권

여러 산봉우리에 여러 마리의 뻐꾸기가
울음 울어
때로 울음 울어
석 석 삼년도 봄을 더 넘겨서야
나는 길뜬 설움에 맛이 들고
그것이 실상은 한 마리의 뻐꾹새임을
알아냈다.

지리산 下하
한 봉우리에 숨은 실체의 뻐꾹새가

송수권(宋秀權) _ 전남 고흥 출생(1940.3.15~2016.4.4). 서라벌예술대학 문창과 졸업. 1975년 『문학사상』 신인상에 시 〈산문에 기대어〉 외 4편이 당선되어 등단. 시집 《산문에 기대어》 《꿈꾸는 섬》 《아도》 《우리나라 풀 이름 외기》 《새야 새야 파랑새야》 《벌거숭이》 《우리들의 땅》 《자다가도 그대 생각하면 웃는다》 《별밤지기》 《바람에 지는 아픈 꽃잎처럼》 《수저 통에 비치는 저녁노을》 《파천무》 등 상재. 소월시문학상 외 수상 다수.

한 울음을 토해내면
뒷산 봉우리 받아 넘기고
또 뒷산 봉우리 받아 넘기고
그래서 여러 마리의 뻐꾹새로 울음 우는 것을
알았다.

지리산 中중
저 연련連連한 산봉우리들이 다 울고 나서
오래 남은 추스름 끝에
비로소 한 소리 없는 강이 열리는 것을 보았다.

섬진강 섬진강
그 힘센 물줄기가
하동 쪽 남해를 흘러들어
남해군도의 여러 작은 섬을 밀어올리는 것을 보았다.

봄 하룻날 그 눈물 다 슬리어서
지리산 下하에서 울던 한 마리 뻐꾹새 울음이
이승의 서러운 맨 마지막 빛깔로 남아
이 세석細石 철쭉 꽃밭을 다 태우는 것을 보았다.

해설과 심층분석

우리 민족의 한의 정서나 비극적 슬픈 체험의식을 가장 잘 나타내줄 수 있는 객관적 상관물의 새가 바로 접동새와 뻐꾹새다. 접동새의 한스런 슬픔의 정서가 김소월 시인의 〈접동새〉에서 절창되었다면, 송수권 시인의 시 〈지리산 뻐꾹새〉는 뻐꾹새에서 환기되는 그런 점을 절창하고 있다.

이 시의 문체적 특징은 서술체로 되어 있고, 시적 화자인 '나' (주어)가 보고 느낀 점을 "알아냈다" "알았다" "보았다"(3연, 4연, 5연)라는 술어동사로 각 연을 마무리하고 있다는 점이다. 지각동사와 시각동사로 통일되어 있고, 더 나아가 시 전체 분위기를 '운다' 라는 청각어가 압도하고 있어 감성적으로 독자들의 이해가 쉬운 장점이 있다.

1연과 2연은 여러 산봉우리에서 울어대던 뻐꾹새 소리를 처음에는 여러 마리가 우는 울음인 줄 알았으나 실상은 한 마리의 뻐꾹새 울음인 것을 오랜 세월이 지나 비로소 알게 되었는데 그 소리는 "뒷산 봉우리 받아넘기고/ 또 뒷산 봉우리 받아 넘"긴 한 마리의 울음이었다는 사실 확인이다.

이는 곧 미당 서정주가 국화꽃 개화의 자연 비의秘儀를 '한' 송이에다 압축시킨 숫자개념의 기법적 효과와 같다. 여러 송이가 아니라 오로지 '한' 송이요, 여러 마리가 아니라 '한' 마리로 압축 · 극대화가 이루어지고 있다.

그 다음 3연, 4연, 5연으로 오면 이미지의 공간구조가 확대된다. 즉 산에서 울던 뻐꾹새의 울음이 3연과 4연에 와서는 드디어 눈물이 되어 섬진강을 이루어 남해로 흘러들고, 마지막 5연에서는 그 눈물이 또 피눈물이 되어 철쭉 꽃밭을 벌겋게 다 태우는 것으로 마무리된다.

빼꾹새를 노래했다고 다 절창이 되는 것은 아니다. 이 시가 절창일 수 있는 점은 민족의 원형적 심상을 이미지의 전이轉移와 변용이란 시적 장치를 원용해 비극감을 압축 · 극대화 시켜줌과 동시에 덤으로 지리산이 민족사(6.25)의 비극적 공간이란 사회학적 상상력까지 자극시켜 주고 있기 때문이다.

새의 생태와 생리를 통해 본 인생의 어느 환유

— 황지우의 〈출가하는 새〉

출가하는 새 _ 황지우

새는
자기의 자취를 남기지 않는다
자기가 앉은 가지에
자기가 남긴 체중이 잠시 흔들릴 뿐
새는
자기가 앉은 자리에
자기의 투영이 없다
새가 날아간 공기 속에도
새의 동체가 통과한 기척이 없다

황지우(黃芝雨) _ 전남 해남 출생(1952~). 본명은 황재우. 서울대학교 미학과 졸업. 홍익대학교 대학원 미학과 박사과정 수료. 1980년 『문학과 지성』에 시 〈대답 없는 날들을 위하여〉 등을 발표하며 등단. 시집 《새들도 세상을 뜨는구나》 《겨울 나무로부터 봄 나무에로》 《나는 너다》 《게 눈 속의 연꽃》 《구반포 상가를 걸어가는 낙타》 《저물면서 빛나는 바다》 《등우량선》 등 상재. 김수영문학상, 제1회 백석문학상 외 수상 다수.

과거가 없는 탓일까
새는 냄새 나는
자기의 체취도 없다
울어도 눈물 한 방울 없고
영영 빈 몸으로 빈털터리로 빈 몸뚱어리 하나로
그러나 막강한 풍속을 거슬러갈 줄 안다
생후의 거센 바람 속으로
갈망하며 꿈꾸는 눈으로
바람 속 내일의 숲을 꿰뚫어본다

해설과 심층분석

황지우 시인의 시 〈출가하는 새〉의 소재는 물론 새이다. 새의 생태와 생리를 통해 그것을 빌려 인생의 어느 일면을 말하고 있다. 마치 '별' 이 '장군' 을, '밤손님' 이 '도둑' 을 환유하듯, 새는 '출가하는 사람' 의 환유다. 출가란 원래 불교나 천주교에서 쓰이는 용어다. 이 세상에서 살아왔던 집을 떠나 종교에 귀의한다는 뜻이다.

이 시는 전체 18행으로 된 연 구분이 없는 시다. 일단 내용에 따라 연 구분을 해 본다면 4연 시가 된다. '새는~' 으로 시작되는 첫 구를 기준해 보면 먼저 3연 시로 나누어 볼 수 있다. 여기까지는 오로지 새의 생태나 생리에 관한 서술적 소묘에만 충실하다가 다음, '그러나' 로 시작되는 내용의 반전이 있다. 즉 끝 연인 4연에 가서는 전면적 반전이 따른다.

이를 다시 하나 하나 간추려 설명해 보면, 1연에서는 새는 앉은 가지에 자기의 자취를 남기지 않고, 2연에서는 앉은 자리에 자기 투영이 없을 뿐더러 날아간 공기 속에도 통과한 기척이 없으며, 3연에서는 체취는 물론 울어도 눈물 한 방울도 없음을 나열한 후, 1연, 2연, 3연에 나오는 '남기지 않는다', '~없다', '~없고'의 부정적 언사의 내용들을 종합하여 '영영 빈 몸으로 빈털터리로 빈 몸뚱어리 하나'라고 세 번이나 강조해 본다. 그리고 이어서 드디어 이 시의 핵심인 반전이 따른다. "막강한 풍속을 거슬러갈 줄 안다"가 1차적 긍정으로의 반전이고, 끝 연에 해당하는 "생후의 거센 바람 속으로/ 갈망하며 꿈꾸는 눈으로/ 바람 속 내일의 숲을 꿰뚫어본다"가 마무리 반전이다.

이렇게 볼 때 이 시의 주제는 바로 이 '안다'와 '본다'의 반전 내용에 있다 할 수 있다. 비록 빈털터리, 빈 몸뚱어리지만 새는 바람의 속도에 맞서 거슬러갈 줄 알고, 바람 속 내일의 숲을 꿰뚫어본다는 것이다.

그렇다면 이런 새는 도대체 무엇의 상징이요, 무엇의 환유란 말일까? 그것은 곧 가진 것 없고 힘 없는 민초들을 암시한다. 그런데도 이 민초들은 권력의 힘 앞에 굴하지 않고 새가 바람을 거슬러 날아가듯 권력에 저항도 할 줄 알면서 미래의 새날이 열리기를 꿈도 꾸어 본다는 것이다.

지난 날 이 시인이 이른바 민중문학 측 시인임을 감안하면, 여기서 출가하는 새의 모습은 곧 앞으로 이렇게 살았으면 하는 자기의지의 모습이요, 그 출사표이었을 것이고, 더 확대하면 바람직한 민중적 삶의 어느 일면을 담아내려 했다고 볼 수 있다.

폐이소스로 감싼 가난의 리얼리즘

— 허수경의 〈단칸방〉

단칸방 _ 허수경

신혼이라 첫날 밤에도
내줄 방이 없어
어머니는 모른 척 밤마실 가고

붉은 살집 아들과 속살 고분 며느리가
살 섞다 살 섞다
굽이 굽이야 눈물 거느릴 때

한 짐 무거운 짐
벗은 듯 하냥 없다는 듯

허수경(許秀卿) _ 경남 진주 출생(1964~). 경상대학교 국문학과 졸업. 독일 마르부르크대학 대학원 선사고고학과 수료. 고고학박사. 1987년 『실천문학』에 시 〈땡볕〉 외 4편을 발표하며 등단. 시집 《슬픔만한 거름이 어디 있으랴》(1988) 《혼자 가는 먼 집》(1992) 《내 영혼은 오래 되었으나》(2001) 《청동의 시간 감자의 시간》(2005) 《빌어먹을, 차가운 심장》(2011) 등과 성장소설 《아틀란티스야, 잘 가》 상재. 동서문학상(2001) 수상.

어머니는 밤별무리 속을 걸어

신혼부부 꿈길
알토란 같은 손자 되어 돌아올거나
곱다란 회장 저고리 손녀 되어
풀각시 꽃각시 매끄러진 댕기 달고
신혼 며느리보다
살갑게 돌아올거나

해설과 심층분석

허수경 시인의 시 〈단칸방〉은 가난한 서민들 삶의 한 모습을 페이소스의 시각으로 감싸주고 있어 또 다른 시의 풍미風味를 맛보게 하고 있다.

시의 배경은 전통적인 농촌사회다. 그런 기표記票는 '밤마실', '회장 저고리 손녀', '매끄러진 댕기' 란 단어 등속에서 쉽게 찾을 수 있다. 그리고 사용된 토속어 내지 사투리로 보아 경상도 지방임도 쉽게 짐작할 수 있다. 밤에 이웃에 놀러간다는 뜻의 '밤마실', '고운' 의 뜻인 '고분', 남녀 관계를 말하는 '살 섞다' 등이 곧 경상도에서 자주 쓰이는 말들이다.

제1연은 신혼 첫날밤이지만 '단칸방' 처지라 아들에게 내줄 방이 없어 어머니는 일부러 자리를 피해 '밤마실' 나가는 것으로 설정되어 있다. 가난하지만 아들과 새 며느리에 대한 눈물겨운 배려가 잘 드러나 있다. 시의 카메라 눈은 어머니에게 맞추어져 있다.

제2연은 살색이 불그레한 건장한 아들과 속 피부가 고운 며느리가 합

궁하여 신혼의 즐거운 밤을 보내고 있긴 하지만 한편으로는 어머니가 주무실 방이 없는 '단칸방' 신세의 가난이 서러워 몰래 눈물을 흘리는 것으로 되어 있다. 1연과는 달리 초점이 신랑 · 신부에게 맞추어져 있다.

제3연에서는 다시 1연처럼 어머니에게로 초점이 옮겨져 있다. '밤마실' 나온 어머니는 드디어 아들 장가를 보냈다는 홀가분한 기쁜 마음에서 별무리를 쳐다보며 마실길을 걷고 있다.

그리하여 끝 연인 4연에서는 그 길을 걷고 있는 어머니가 앞으로 손자나 아니면 손녀를 얻겠지, 하는 기대감에 부풀어 흐뭇한 미래를 상상해 보는 것으로 마무리 되고 있다.

이를 다시 정리해 보면 1연은 어머니의 밤마실 나감 → 2연은 신혼부부의 방안 행동 → 3연은 마실을 가고 있는 어머니의 행동 → 4연은 마실길의 어머니의 상상 장면으로 되어 있다. 따라서 시의 현실공간은 바깥 → 방안 → 바깥 → 바깥으로 설정됨과 동시에 어머니의 행위 → 신혼부부의 행동 → 어머니의 행동 → 어머니의 상상으로 마무리 된 셈이다.

이는 곧 네 컷으로 된 이원적 공간구성이요, 이원적 행위 묘사인 셈인데 응분의 이야기시의 플롯도 갖추고 있다. 가난한 서민생활의 애환이 잘 표현되어 있고 또 그들을 바라보는 시인의 시각이 따뜻해서 좋다.

단, 한 가지 결점을 찾는다면 2연에서 뒤에 나오는 '속살 고분 며느리'와 대칭되어 있는 앞쪽의 '붉은 살집 아들' 이란 표현이 문제다. '살집 붉은 아들' 로 되었다면 '속살 고분 며느리' 란 표현과 통일성이 이루어짐은 물론 그 리듬도 훨씬 부드러워졌으리라 본다.

역사적 상상력과 구성의 완결미

– 송랑해의 〈風竹풍죽〉

風竹풍죽 _ 송랑해

東學軍동학군이 몰려가는
밤 발자국 소리

댓잎에 부서지는
칼날 같은 달빛은
공음면에서 홍덕면까지 달려간 죽창

東學軍동학군 고갤 넘어가는
동학군이 스치는 옷자락 소리.

*공음면 : 전북 고창군내에 있는 면
*홍덕면 : 전북 고창군내에 있는 면
*東學軍 고개 : 공음면에서 홍덕면으로 가는 길의 언덕을 필자가 지칭한 말

송랑해(宋浪海) _ 전북 고창 출생(1963~). 한국방송통신대학교 국어국문학과 졸업. 1998년 『지구문학』 신인상에 시 〈종유석〉 외 3편이 당선되어 등단. 지구문학작가회의 부회장. 시집 《나의 바다에게》(2000) 《쥐구멍으로 하늘 보기》 《사랑하는 임에게》(2016) 등 상재. 생활문학상(1998), 서전시문학상(2000), 한국자유시문학상(2002), 한국계관시인상(2003), 지구문학상(2007) 등 수상.

해설과 심층분석

송랑해 시인은 선별 시인 중에서 상대적으로 시단 경력이 약간은 모자란다 하겠지만 격려도 할 겸 그의 시 중에서 좋은 시가 있는지를 찾아보았다.

바로 〈風竹[풍죽]〉이다. 비를 맞고 있는 대나무가 '우죽雨竹' 이고, 비바람의 경우가 '풍우죽風雨竹' 이라면 '풍죽風竹' 은 뜻 그대로 바람을 맞아 '스~스~' 소리를 내고 있는 대나무다.

이 시인은 이른바 '풍죽' 이 내는 소리에 연상되어 역사적 상상력을 발휘해 본다. 그것은 동학농민혁명군이 봉기하여 야음의 달밤을 이용해 전북 고창 공음면에서 홍덕면으로 이동하는 과정을 청각 이미지로 짧게 극대화시켜 보고 있다.

제1연에서는 '풍죽' 의 소리에서 동학군의 '밤 발자국 소리' 를 연상해 듣고 있으며, 제2연에서는 바람에 흔들리는 "댓잎에 부서지는/ 칼날 같은 달빛" 을 '죽창' 과 은유적으로 연결해 보고 있으며, 제3연에서는 역시 '풍죽' 이 내는 소리에서 동학군들이 스치고 지나가는 '옷자락 소리' 를 연상해 듣고 있다.

결국 '풍죽' 이 내는 소리에서 역사적 사실을 은유적으로 이끌어내 두 대비에서 상사성을 발견하고 있는 셈이다. 이 시의 맛이 여기에 있다. 다시 말해 감정이 일체 배제된 청각시요 비유시로서 상큼한 맛이 난다. 또 3연 7행으로 군더더기가 없이 압축되어 있는 점이 장점이요 매력이다.

제2연이 시각적 이미지로 동학군의 이동 목적인 '탐관오리 척결' 이 암시되어 있는 대신 첫연과 끝연이 청각적 이미지, 즉 '밤 발자국 소리' 와 '옷자락 소리' 로 마무리되어 있어 액자적 구성의 완결미가 있다 하겠다.

셋째 마당

인생론적 思惟사유를 펴보이며

- **신경림**의 〈갈대〉 _ 삶의 본질 파악의 서정적 터치가 아주 좋아
- **문덕수**의 〈조금씩 줄이면서〉 _ 인생론적 사유의 시로서의 가치성
- **김후란**의 〈나무〉 _ 시의 대상과 자기 동일시의 시학
- **이근배**의 〈평원〉 _ 격조 높은 서정적 인생론류의 시
- **이수익**의 〈集中집중〉 _ 회화성을 겸한 절묘한 유사성의 발견
- **김종해**의 〈그대 앞에 봄이 있다〉 _ 인생론적 사유와 달관의 메시지가 큰 위안 주어
- **박제천**의 〈비천飛天〉 _ 변화와 생성으로 본 '비천' 의 삶의 역동성
- **정호승**의 〈내가 사랑하는 사람〉 _ 따뜻한 인간애 정신의 압권
- **박상천**의 〈줄다리기〉 _ 위트정신의 발상과 그 역설적 인생 교훈
- **곽재구**의 〈沙平驛사평역에서〉 _ 서민들의 삶을 연민의 정으로 본 따뜻한 동류의식
- **김현숙**의 〈풀꽃으로 우리 흔들릴지라도〉 _ 삶의 보편적 진실을 노래한 인생론의 비유시
- **이희선**의 〈노딛돌〉 _ 대승적 삶을 일깨워주는 돌의 의미

삶의 본질 파악의 서정적 터치가 아주 좋아
— 신경림의 〈갈대〉

갈대 _ 신경림

언제부터인가 갈대는 속으로
조용히 울고 있었다.

그런 어느 밤이었을 것이다. 갈대는
그의 몸이 흔들리고 있는 것을 알았다.

바람도 달빛도 아닌 것,
갈대는 저를 흔드는 것이 제 조용한 울음인 것을
까맣게 몰랐다.

신경림(申庚林) _ 충북 중원 출생(1935~). 본명은 응식應植. 동국대학교 영문학과 졸업. 『문학예술』에 〈낮달〉(1955. 12) 〈갈대〉(1956. 1) 〈석상石像〉(1956. 4) 등이 추천 완료되어 등단. 시집 《농무農舞》(1973) 《새재》 《달넘세》 《남한강》(장시집) 《가난한 사랑노래》 《길》 《쓰러진 자의 꿈》 《어머니와 할머니의 실루엣》 《목계장터》 《뿔》 《신경림 시전집》 《낙타》(2008) 등 상재. 단재문학상, 이산문학상, 공초문학상 외 수상 다수.

—산다는 것은 속으로 이렇게
조용히 울고 있는 것이란 것을
그는 몰랐다.

해설과 심층분석

신경림 시인의 시 〈갈대〉는 갈대를 소재로 한 인생론적 명상시다.

먼저 갈대와 관련된 이야기부터 해 본다. 갈대와 억새는 사촌쯤 된다. 갈대는 갈색으로 물가에 주로 자생하며 바람에 잘 흔들린다면, 억새는 은빛으로 산중턱 같은 곳에 자생하며 갈대에 비해 줄기가 굵고 억세다.

갈대의 이런 특성을 두고 인생론의 명상가들이나 철학자들은 갈대를 곧잘 인간이나 삶의 객관적 상관물 아니면 은유적 상징으로 생각해 보곤 했다.

알다시피 철학자 파스칼은 일단 인간을 갈대로 비유해 보며 '생각하는 갈대' 라 하지 않았던가. 신경림 시인도 넓게는 이런 큰 의미망에서 시 〈갈대〉를 썼다.

더욱이 이 시가 22살의 대학생 시절인 1956년도 『문학예술』지 데뷔작이란 것까지 생각해 보면 시사하는 바 다른 면도 있다. 그 당시는 실존주의란 새로운 철학 사조가 우리나라에 소개되고 있을 때다. 감수성도 예민하고 지적 호기심이 많았던 청년 시절이라 그런 사조의 세례를 분명 받았다고 짐작할 수 있다.

인간은 내 뜻과는 상관없이 '세계내 존재' 로 이 세계에 내던져졌고, 그래서 곧 '비극의 탄생' 이며, 따라서 삶이란 자체도 늘 비극적 본성을 지니고 있기 마련이라는 것이 곧 실존주의 철학자들의 공통된 사유였다. 즉 이런 영향으로 이 시를 써 보자는 충동도 생겼으리라 짐작도 할 수 있다는 점이다.

그럼 다시 〈갈대〉란 시로 돌아가 본다. 이 시는 갈대를 객관적 상관물로 의인화 하여 삶의 비극적 본성이나 본질을 통찰하고 명상해 보고 있다. 전체 10행 4연으로 된 아주 짧은 시다. 각 연의 종결 어미는 모두 종지사 '~다' 로 끝나고 있다. 1연은 '있었다', 2연은 '알았다', 3연과 4연은 '몰랐다' 로 끝나 의미의 완성도에 따른 안정감을 줌과 동시에 종결어미의 각운脚韻도 살려내고 있다. 그리고 짧지만 내용 구성의 호기심도 자극해 주는 구성상의 멋도 있다.

제 1연은 갈대가 "속으로/ 조용히 울고 있었다" 라는 상황 내지 상태를 먼저 제시해 주고 있다. 그 다음 제 2연에서는 그의 몸이 '겉으로' 흔들리고 있더라는 사실 확인 내지 파악이 뒤따르고 있다.

그리하여 제 3연에 와서는 제 1연의 '갈대의 울음' 과 제 2연의 '몸의 흔들림' 을 다시 통합시켜 그 '흔들림' 의 원인이 외부의 요인인 '바람' 이나 '달빛' 이 아니라 알고 보니 내출혈 같은 스스로의 '울음' 이라는 깨달음에 이른다.

말하자면 여기까지의 구성방식은 얼핏 수수께끼식 문제 제기와 그 해답을 유도해 내 보는 과정과 흡사하다. 그리고 이 부분에 이 시의 주제를 해석해 낼 수 있는 결정적인 키 워드가 들어 있다. 그것이 바로 '바람' 과 '달빛' 이란 단어이다.

'바람' 은 곧 외부에서 오는 시련이나 고초 더 나아가면 여기서 오는 슬픔을 은유화 하고 있다면, '달빛' 은 좋은 일이나 그 기쁨을 말하고 있다. 사람은 때에 따라 슬퍼서 울 수도 있고 기뻐서 울 수도 있다. 그러나 3연에 나타나 있는 '갈대의 흔들림' 은 슬퍼서나 기뻐서가 아니라 자기 자신의 내면적 '울음' 이었다는 명증성이다.

이리하여 마지막 제 4연에서는 삶의 본질이란 결론에 이른다. 즉 삶이란 결국 이런 식으로 조용히 울고 있는 것이란 결론이다. 예전에는 미처 몰랐지만 이제야 알게 되었다는 역논리이다.

'삶의 비극성' 이란 이 시의 주제로 보아 자칫 현학적으로 빠지기 쉬운 위험성을 잘 극복하고 무엇보다도 우선 서정적 터치로 아주 맛깔스럽게 빚어낸 점이 곧 이 시의 장점이다. '우리 시대의 대표시' 로 내세우기에 충분하다.

인생론적 사유思惟의 시로서의 가치성

— 문덕수의 〈조금씩 줄이면서〉

조금씩 줄이면서 _ 문덕수

잔고殘高를 조금씩 줄이면서
석류알처럼 눈 뜨고 싶구나.

그동안 흐드러지게 꽃피우거나
나비 벌들 떼지어 윙윙 몰려와
제풀에 뚝뚝 떨어져 묻히는
꿀단지 하나 그득히 빚은 일도 없으나,

잎사귀를 한두 잎씩 떨어뜨리고
곁가지 곁넝쿨도 조금씩 쳐내고

문덕수(文德守) _ 경남 함안 출생(1928~). 호는 심산心山, 청태靑笞. 홍익대학교 국문학과 졸업. 고려대 대학원 수료. 『현대문학』에 시 〈침묵〉 〈화석〉 〈바람 속에서〉(1956. 6)가 추천 완료되어 등단. 시집 《황홀》(1956) 《선 · 공간》 《영원한 꽃밭》 《다리 놓기》 《금붕어와 문화》 《빌딩에 관한 소문》 《꽃잎세기》 《우체부》 등 13권과 이론서 《현대문학의 모색》 등 4권 상재. 현대문학상 외 수상 다수. 대한민국예술원 회원.

몰아치는 성난 돌개바람이나
괴어서 소용돌이치는 물줄기도 돌려서,

겨우내 개울둑에 알몸으로 홀로 서서
이브처럼 눈 뜨고 싶구나.

해설과 심층분석

문덕수 시인의 시 〈조금씩 줄이면서〉는 비유시로서 내용은 인생론적 사유의 시다. 꽃나무란 대상을 자기화 하여 거기 빗대어 자기가 지금까지 살아온 인생을 결산해 보며, 앞으로 남은 인생을 이런 식으로 살아보겠다는 그 의지와 소망을 토로해 보고 있다.

12행 4연으로 된 비교적 짧은 시이지만 그 구조가 매우 단단하다. 도입, 전개, 결말의 구조다.

도입부인 제 1연은 지금껏 살아온 인생을 결산해 보니 앞으로 살아갈 날의 잔고가 좀 남아 있는데, 그 잔고 중 쓸데없는 욕심일랑 조금씩 버려 단촐하고 가벼운 마음으로 살고 싶다는 소망을 말하고 있다. 바로 2행에 나오는 '석류알처럼 눈뜨고 싶구나' 란 말이 그런 뜻의 비유인데 이는 자기 소망과 각성인 동시에 달관의 예지에 대한 눈뜸이요, 내면적 성숙의 다짐이다.

그렇다면 지금까지 살아온 인생은 과연 어떠했으며 그 결산과 거기에 따른 자기 성찰이나 해야 할 일은 또 무엇이란 말일까? 그 해답이 바로 제 2연에 나온다. 꽃나무로 비유해 비록 꽃은 피웠지만 '흐드러지게' 피운 적도 없고 또 남(나비나 벌)을 위해 꿀이 그득한 꿀단지를 마련해 준 적이 없다는 것이다.

어차피 그렇다면 앞으로는 잔고로 남아 있는 것 중에서 허욕도 버리고 살겠으며 또 혹시 그런 과정에서 닥칠지 모르는 외부의 '돌개바람' 이나 '소용돌이 치는 물줄기' 같은 횡액이나 피해가며 살았으면 한다는 것이 곧 제 3연의 내용이다.

그리하여 끝연인 제 4연에서는 "겨우내 개울둑에 알몸으로 홀로 서서/ 이브처럼 눈 뜨고 싶구나"라고 다시 자기 소망을 피력해 본다. 여기서 '이브처럼 눈 뜨고 싶구나' 란 구절에 대한 설명이 좀 필요하다. 이브는 에덴동산에서 선악과를 따 먹기 전에는 악을 모르고 순수해 비록 알몸으로 있었지만 부끄러움도 몰랐다는 점을 시인은 염두해 두고 있다. 그래서 이 비유는 시인도 자기 관리나 자기 제어를 통해서라도 부끄러움 없는 삶을 살고픈 소망을 말하고 있는 경우라 하겠다.

그럼, 이렇게 나무에 비유해서 전개시킨 이 시의 내용을 잠시 사계四季에 맞추어 해석할 필요도 있을 것 같다. 역시 묘미도 있다. 나무는 봄과 여름이 되면 꽃이 피고 잎도 무성해지지만 가을이 오면 잎도 지고 또 겨울이면 나목으로 남기 마련이다.

그런데 시인이 지금껏 살아온 인생은 봄과 여름에 해당된다. 꽃도 피었고, 꽃 속에는 꿀단지도 있었다. 그러나 '흐드러지게' 피지도 못했고 또 남에게 덕을 베풀 만큼 꿀단지가 넘치지도 못했다고 고백하고 있다.

그러고 보면 이제 앞으로 남은 인생은 가을과 겨울이다. 그렇다면 겸손히 "잎사귀를 한두 잎씩 떨어뜨리고/ 곁가지 곁넝쿨도 조금씩 쳐내고"자 다짐해 보고 있으며, 그 다음, 겨울이 오면 모든 것을 버린 알몸으로 부끄러움 없는 삶을 살고 싶다고 소망해 보는 것이다.

그리고 제 1연에 나오는 "석류알처럼 눈 뜨고 싶구나"와 제4연에 있는

"이브처럼 눈 뜨고 싶구나"는 언뜻 수미상관과 비슷한 대칭을 이루고 있는데, 제1연의 소망이 가까운 앞날의 소망이라면, 제 4연의 소망은 먼 훗날의 소망이라 해석할 수 있다.

그런 점에서 이 시에 흐르고 있는 사유의 세계는 체관의 깨달음에서 나오는 달관의 세계라 할 수 있다.

그리고 이 시를 읽는 독자로서 인생을 살 만큼 산 사람이라면 누구나 성공적인 인생이건 아니건 간에 살아온 인생을 한 번쯤은 점검하여 결산해 볼 필요가 있고 또 그 잔고도 헤아려 볼 필요도 있다. 바로 이 시가 그런 계기의 거울이 되리라 본다.

시의 대상對象과 자기 동일시의 시학詩學
— 김후란의 〈나무〉

나무 _ 김후란

어딘지 모를 그곳에
언젠가 심은 나무 한 그루
자라고 있다

높은 곳을 지향해
두 팔을 벌린
아름다운 나무
사랑스런 나무
겸허한 나무

김후란(金后蘭) _ 서울 출생(1934~). 서울대학교 사범대학 수학. 『현대문학』에 시 〈오늘을 위한 노래〉(1959. 11) 〈문門〉(1960. 4) 〈달팽이〉(1960. 12) 등이 추천 완료되어 등단. 시집 《장도와 장미》《음계音階》《어떤 파도》《사람 사는 세상에》《우수의 바람》《서울의 새벽》《시인의 가슴에 심은 나무는》《따뜻한 가족》 등을 비롯하여 10권 상재. 현대문학상, 월탄문학상, 한국문학상, 펜문학상 등 수상. 대한민국예술원 회원.

어느 날 저 하늘에
물결치다가
잎잎으로 외치는
가슴으로 서 있다가

때가 되면
다 버리고
나이테를
세월의 언어를
안으로 안으로 새겨 넣은
나무

그렇게 자라가는 나무이고 싶다
나도 의연한 나무가 되고 싶다.

해설과 심층분석

우리는 눈만 뜨면 삼라만상의 자연 물상과 우리 생활 주변의 사물을 보고 확인도 한다. 그 대상을 관찰하고 깊이 생각하다 보면 시적 영감이 떠오른다. 그 대상의 존재성이나 목적성 그리고 생태나 생리 조건 등에서 시가 배태된다. 이때의 반응은 대개 서너 가지로 나타나기 마련이다. 그 대상이 인생을 사유해 보고 명상해 보는 질료가 되기도 하고, 그 대상에 적대감이나 동정심을 표출해 보기도 하고, 또 자기 동일시의 대상으로 삼기도 한다.

특히 이 '자기 동일시' 라는 개념은 시론적으로 '동일시의 시학' 이라고도 부를 수 있는데 대상과 나와의 일체감에서 시적 자아의 욕망이나 꿈 그리고 원망願望을 투영이나 투사시킨다. 이미 우리는 많은 시에서 가령 가장 쉽게 이해할 수 있는 예로써 새의 비상의 자유, 물의 적응성과 유연성, 바위의 불변의 견고성, 눈의 순결성, 대나무의 곧음, 연어의 모천 회귀성 등등을 시적 자아가 모방하여 자기도 그것을 닮았으면 하는 것을 많이 보아왔다. 이를 곧 대상에 대한 '인생론적 해석' 을 통한 자기 동일시의 투영이라고도 말할 수 있다.

여기 소개하는 김후란 시인의 시 〈나무〉도 결국은 이 범주에 드는 시다. 5연 20행 시로서 나무의 생태와 생리를 닮았으면 하는 자기 투영의 시인 동시에 나무 예찬의 시다. 비록 특별한 수사적 기교나 고차원의 명상류는 보이지 않으나 자기 상념을 차분히 담담하게 그려놓고 있어 인생론적 속삭임 같은 울림의 파장이 있다.

이 시를 쓴 시인의 입장으로만 보면 자기 성찰의 시다. 그렇지만 뒤집어 생각해 보면 독자들에겐 또 다른 메시지가 전해진다. 삶을 그저 외부 지향적으로만 살 것이 아니라 때때로 내적 성숙이나 인격완성도 도모하며 살아야 하지 않겠느냐는 궁극적 삶의 지향성을 간접으로 깨우치게 하는 교시도 된다.

그럼 그 현장으로 직접 가 본다. 제 1연은 이 시의 제재가 되고 제목이 된 불특정 '나무' 에 대한 불특정의 추상적 공간 설정과 동시에 현실생활에서 무수히 보아온 나무를 상정해 보며 마음 속으로만 생각해 보고 있다. 제목에 대한 제시문이요 제시연의 역할이다. 그 다음 2연에서 3연까지는 그 나무에 대한 구체적 묘사가 있다. 이는 외부로 나타난 나무의 모습과 외양에 대해서이다. 높은 곳인 하늘을 지향하며 기도하듯 겸허히 두 팔을 벌리고 있는 모습에다 또 통성기도라도 하듯 바람에 흔들리고 있는 모습이 나온다.

그 다음 4연은 가을과 겨울을 상정해 보며 잎을 낙엽으로 다 떨어뜨리고 나서 안으로 살아온 1년의 세월과 삶을 나이테로 남긴다는 내용이다. 그리고 마지막 5연에 가서 비로소 시적 자아의 목소리로 마무리한다. 지금껏 언급해 온 바와 같이 세월과 함께 자연스럽게 또 아니면 의지의 노력으로 그런 "나무이고 싶다" "나무가 되고 싶다"는 소망의 표현이다. 이것이 곧 맨 앞에서 미리 언급해 본 '자기 동일시' 이고 또 '동일시의 시학' 이 된다.

이런 이 시의 구조를 다시 정리해 본다. 1연— '나무' 라는 제재의 제시와 언급, 2연— '나무' 의 외부로 보이는 외형적 모습(1), 3연— 또 다른 보충적 외형 언급의 모습(2), 4연— 이런 시선이 '나무' 의 내부 즉 보이지 않는 내면에 대한 상상력의 발휘로 바뀜, 5연— 마무리로 시적 자아의 목소리 내기로 되어 있다.

그리고 이 시에 나타난 주요 키워드라면 '높은 곳 지향' '겸허' '버림' 세월과 함께 하는 '내적 성숙' '의연' 등으로 정리해 볼 수 있는데 이에서 주제적 종합 해석이 도출된다. 즉 '나무' 의 생태와 생리를 닮아 높은 자기 발전을 꾀하되 겸허할 줄 알아야 하고, 때론 남을 위해 자기나 자기 가진 것을 버릴 줄도 알아야 함과 동시에 의연하게 살 줄도 알아야 하고, 또 살아가면서 세월과 함께 부단히 나무의 나이테처럼 내적 성숙도 있었으면 하는 소망을 피력하고 있다 할 수 있다.

격조 높은 서정적 인생론류의 시

– 이근배의 〈평원〉

평원 _ 이근배

비로소 나의 개간이 어리석음을 알았다.

간밤에 비를 맞은 풀꽃들의 우수

내 함성이 다 건너지 못하는
저 무량한 꿈의 밭을
이제는 바람도 불지 않는다.

성장한 별들이 그 나름의 감회로 잠이 들 때
초목들은 무어라고 내 반생의 허물을 문답할 것인가

이근배(李根培) _ 충남 당진 출생(1940~). 호는 사천沙泉. 서라벌예술대학 문예창작과 졸업. 1961년 「서울신문」 신춘문예에 시조 〈벽壁〉이 당선되고, 「경향신문」 신춘문예에 시 〈묘비명墓碑銘〉이 당선되어 등단. 1962년에는 동시 〈달맞이꽃〉이 「조선일보」 신춘문예에 당선되고, 1964년에는 시 〈북위선北緯線〉이 「한국일보」 신춘문예에 당선. 시집 《사랑을 연주하는 꽃나무》《노래여 노래여》《한강》 외 다수. 대한민국예술원 회원.

오랜 날을 자의自意로만 살아온
아 이 슬픈 매몰을,

목숨이여,
휴식의 잠잠한 때에
금빛으로 닦아 놓고,

노동의 꽃으로 가득히 채울
무변無邊한 땅에서
나는 눈물 고여야겠다.

해설과 심층분석

'인생은 평원平原이다' 라는 이 비유는 〈평원〉이란 시를 쓴 이근배 시인의 은유요 개인적 상징이 될 수 있다. 그래서 넓고 넓은 평평한 미개척의 들판에서 각자 자기 인생의 밭을 일구기 위해 땀을 흘리며 '개간' 의 '노동' 을 하는 형국이다. 이 시에서 '개간', '노동', '밭' 이란 단어가 보이고 있는데 한 마디로 산다는 것, 생을 영위한다는 것 자체가 곧 '평원' 에서 자기 밭을 일구고 가꾸는 일과 상통한다고 보고 있다.

그런데 이 〈평원〉이란 시에서는 시인 자신이 살아온 반평생의 인생에 대한 자기 결산이 있고 그 점검이 있으며 나아가 자기 성찰과 반성을 통해 새로운 다짐과 결의를 내보이고 있다. 전체 7연으로 된 이 시에서 이런 점을 하나하나 살펴보기로 하자.

제 1연에서는 지금껏 자기가 살아온 인생이 '어리석음' 이었다는 사실 확인의 고백이 있다.

2연에서는 그런 심사心思에서 눈을 들고 자기 주변의 평원 풍경을 둘러보니 "간밤에 비를 맞은" 풀꽃들이 보이고 그 "풀꽃들의 우수"를 자기 처지와 동일시 해 보고 있다. 바꾸어 말해 자기 인생도 풀꽃처럼 비를 맞아 축 늘어져 있으니 근심 · 걱정이 된다는 뜻이다.

3연에 나오는 '꿈의 밭' 은 평소에 시인이 생각했던 포부나 이상의 실현을 말하는데 "이제는 바람도 불지 않는다" 이니 그것은 곧 꿈의 좌절을 암시하고 있는 것이다.

4연에서는 "초목들은 무어라고 내 반생의 허물을 문답할 것인가" 라고 의인법을 차용하여 설의법으로 자문해 보고 있는데 이는 한 마디로 자기 삶이 심히 부끄럽다는 뜻을 간접 표현하고 있는 것이다.

5연에서는 그 '허물' 이 바로 다름 아닌 "자의로만 살아온" 것임을 상기시키면서 이제는 어차피 그것을 6연에 나오는 새 출발을 위해 갈아 뒤엎어 파묻어야 할 슬픈 심정임을 토로해 보고 있다.

6연에서는 잘못 살아온 내 인생이 그 모양이니 살아있는 나의 실체인 '목숨' 에게 그 안타까움을 호소라도 해 보듯 남은 반생이라도 반성해서 다시 새롭게 출발 준비를 해보겠다는 뜻을 내보이고 있다.

7연에서는 새로운 인생 개척의 희망찬 미래를 열고, 맞기 위해 그동안 잘못 살아온 인생에 대해 반성하는 참회의 눈물을 한껏 흘려 보겠다는 다짐과 결의를 보이고 있다.

이를 다시 각 연별로 요약 · 정리해 보면 이렇다. 1연 : 자기 어리석음의 확인, 2연 : 그런 점에서 오는 근심 · 걱정을 감정이입을 통해 간접 표출해 봄, 3연 : 자아실현이나 이상 실현의 좌절과 상실감의 표백, 4연 : 잘

못 살아온 반생의 허물에 대한 자문의 한탄, 5연 : 이제는 자기 삶을 깡그리 '매몰' 시켜야 하는 데에서 오는 슬픔의 감수, 6연 : 심기일전하여 새 출발을 해보겠다는 의지 표명, 7연 : 반성과 참회를 통해 결의에 찬 다짐으로 마무리되고 있다.

그러면 이 시가 좋은 이유는 과연 무엇일까? 자기 인생에 대한 진솔한 고백과 새로운 결의를 '평원' 이란 시각적 공간설정을 통해 매우 서정적으로 처리해 주어서 결과는 격조 높은 인생론류의 시가 되었기 때문이다. 그 한 예로써 만약 4연에 나오는 '초목들은 무어라고 내 반생의 허물을 문답할 것인가' 가 '평원' 과 관련 있는 '초목' 이미지가 아니고 '사람들은 무어라고 내 반생의 허물을 문답할 것인가' 로 되었다고 가정해 보자. 너무나 산문적이라 그 감동은 필시 반감하고 말 것이다.

그리고 이 시에서는 단정적인 종결어미사로 처리한 곳이 세 군데 보이고 있는데. 1연의 '~알았다', 3연의 '~않는다', 7연의 '~여야겠다' 가 곧 '과거' 의 삶, '현재' 의 삶, 그리고 '미래' 의 삶과 통시적 순행구조에 따라 연결되어 있어 시의 짜임이 일목요연하고 탄탄한 것도 장점 중의 하나다.

회화성을 겸한 절묘한 유사성의 발견

― 이수익의 〈集中집중〉

集中집중 _ 이수익

매 한 마리
장자莊子의 연처럼
하늘에 높이 떠 있다.
움직이지 않는다.

이 부동不動의 위세에 전율하듯
바람이 불어와도,
매는 더 까딱도 하지 않는다.

그러다가 일순

이수익(李秀翼) _ 경남 함안 출생(1942~). 서울대학교 영어교육과 졸업. 1963년 「서울신문」 신춘문예에 시 〈고별〉 〈편지〉가 당선되어 등단. 시집 《우울한 샹송》(1969) 《야간열차》(1978) 《슬픔의 핵》(1983) 《단순한 기쁨》(1986) 《그리고 너를 위하여》(1988) 《아득한 봄》(1991) 《푸른 추억의 빵》(1995) 《눈부신 마음으로 사랑했던》(2000) 등 상재. 현대문학상(1987), 대한민국문학상, 정지용문학상, 한국시인협회상 외 수상 다수.

날쌘 수직강하의 몸짓이 지상을 향해
무서운 집중集中으로 번쩍
회오리친 다음,
매는 유유히 하늘 처소處所로 되돌아온다.

화선지엔 선명한
일필휘지一筆揮之.

해설과 심층분석

이수익 시인의 시 〈集中집중〉을 택해 보았다. 하늘에 떠있는 매가 지상의 먹잇감을 찾고 또 그것을 낚아채기 위해서라면 혼신의 힘을 다한 '집중' 이 필요하다. 그런가 하면, 일필휘지의 서예작품의 경우도 마찬가지다.

그런데 감상자의 기호취미, 아니 좀 넓혀 비평용어를 차용해 '독자－반응비평' 의 견지에서 보면, 매를 중심 이미지로 보느냐, 아니면 일필휘지의 글씨 쓰기를 중심 이미지로 보느냐에 따라 각각 해석이 달라질 수 있다는 점이다. 매를 중심 이미지로 보면 일필휘지는 보조나 종속 이미지가 되는데, 그렇다면 매의 행위나 행동이 하늘이란 화선지에 그린 서예작품의 일필휘지와 비슷하다는 해석이다.

그러나 반대로 끝 연의 일필휘지를 주主 이미지 내지 중심 이미지로 보면, 앞 3연에서 나오는 매의 행위나 행동은 모두 매에 빗대어 일필휘지하는 과정을 비유적으로 설명해 주는 보조 내지 종속 이미지가 된다.

나는 이쯤에서 뒤쪽을 택하여 설명해 보기로 하겠다.

우선 일필휘지를 하려면, 1연에서처럼 매가 하늘 높이 떠 있듯 붓을 들고 정신 집중을 해야 할 것이다. 그 다음은 2연에서처럼 매가 먹잇감을 집중해서 찾듯 과연 어떻게 써내려 갈까 하는 순간적인 구상 단계의 정신 집중이 필요할 것이다.

그 다음 단계가, 3연에서처럼 매가 먹잇감을 낚아채기 위해 수직 강하하듯 드디어 화선지 위에 붓을 대고 글씨를 써내려 갈 것이다. 그 다음, 완성이 되면, 매가 '하늘 처소로 되돌아' 오듯 붓을 다시 집어들 것이다.

이런 과정의 해석을 통해 대충 알 수 있듯, 이 시가 좋은 이유는 첫째가 시각적 묘사 이미저리를 잘 구사하여 시의 회화성을 십분 살려주고 있는 점이요, 둘째는 서예작품 쓰기 과정과 매의 먹잇감 찾기와 낚아채기 과정에서 역동적인 절묘한 유사성을 발견하고 있다는 점이다.

끝으로 매가 먹잇감을 얻을 때도 '집중' 이 필요하고, 또 일필휘지의 서예 작품을 남기는 일에도 '집중' 이 필요하듯, 인생에 있어서 무언가를 얻고 남기려면, 매사에 혼신을 다 바친 노력이나 '집중' 이 필요하다는 것을 암묵적으로 말해 주고도 있다 하겠다.

인생론적 사유와 달관의 메시지가 큰 위안 주어

– 김종해의 〈그대 앞에 봄이 있다〉

그대 앞에 봄이 있다 _ 김종해

우리 살아가는 일 속에
파도치는 날 바람 부는 날이
어디 한두 번이랴
그런 날은 조용히 닻을 내리고
오늘 일을 잠시라도
낮은 곳에 묻어두어야 한다
우리 사랑하는 일 또한 그 같아서
파도치는 날 바람 부는 날은
높은 파도를 타지 않고

김종해(金鍾海) _ 부산 출생(1941~). 『자유문학』 신인 현상문예에 시 〈저녁〉(1963. 3)이 당선되어 등단. 1965년에는 「경향신문」 신춘문예에 시 〈내란內亂〉이 당선. 시집 《인간의 악기》 《신의 열쇠》 《왜 아니 오시나요》 《천노, 일어서다》 《항해일지》 《바람 부는 날은 지하철을 타고》 《별똥별》 《풀》 《어머니 우리 어머니》 《누구에게나 봄날은 온다》 《봄꿈을 꾸며》 《눈송이는 나의 각을 지운다》 등 상재. 제10회 공초문학상 수상.

낮게 낮게 밀물져야 한다
사랑하는 이여
상처받지 않은 사람이 어디 있으랴
추운 겨울 다 지내고
꽃필 차례가 바로 그대 앞에 있다

해설과 심층분석

봄은 생명이 부활하는 계절이요 재생하는 계절이며 희망이 약동하는 계절이다. 춥고 음울한 긴 겨울이 지나서 맞는 이 계절이야말로 문학적으로는 재생이나 희망의 은유요 상징이다.

김종해 시인의 시 〈그대 앞에 봄이 있다〉의 주제는 곧 이런 발상의 큰 테두리에서 인생살이와 봄의 은유성과 상징성을 끝마디에서 결합시켜 본 것이다.

전체 14행으로 되어 있는데 내용단위로 분절해 보면 세 마디로 나눌 수 있다. 첫째 마디는 1행에서 6행까지, 둘째 마디는 7행에서 10행까지, 마지막 셋째 마디는 11행에서 14행까지로 각각 되어 있다.

이를 더 구체적으로 풀이해 보면, 첫째 마디는 인생살이의 보편적 진실 즉 살아가다 보면 '파도치는 날' 과 '바람 부는 날' 을 만나는 것은 다 반사라는 것이다. 둘째 마디에 가서는 이런 인생살이의 한 예로서 심지어 '사랑하는 일' 역시 이와 마찬가지 일이라고 강조해 보고도 있다.

말하자면 거시에서 미시로 비슷한 상징적 예화를 소개하면서 이런 시련과 고통을 잘 이겨낼 수 있는 지혜를 각각 소근대듯 제시해 주고 있다.

즉 울고 불고 하거나 또 조급하게 바둥거리지 말고 차분히 으레 그러려니 하고 참고 견디어내어야만 한다는 것이다.

그리하여 마지막 셋째 연에 가서는 넓게는 같은 인생길을 걷고 있는 사람들, 좁게는 이 시를 읽는 독자들을 향해 "사랑하는 이여"라고 동병상련의 애정으로 불러보며, 살다 보면 시련이나 고난의 상처를 받기 마련이란 보편적 진실을 호소하며 일깨워주고 있다. 그렇지만 인내심을 갖고 견디어내다 보면 마치 자연의 순환 원리처럼 "추운 겨울 다 지나고/ 꽃필 차례가 바로 그대 앞에 있다"고 용기와 희망의 메시지를 던져주고 있다.

따라서 이 시는 넓게는 '파도' '바람' '파도' '바람' '추운 겨울' '꽃'이라는 자연현상을 차례대로 비유적 매개로 도입해 가며 형상화 시켜 본 인생론의 시이고, 좁게는 살다 보면 고진감래도 찾아온다는 교시적인 교훈시도 된다.

한 마디로 이 시에는 이 시인의 인생론적 사유와 달관이 이 시를 읽는 독자들에게는 큰 위안을 줄 수 있으며, 특히 "상처받지 않은 사람이 어디 있으랴/ 추운 겨울 다 지나고/ 꽃필 차례가 바로 그대 앞에 있다"는 마지막 부분은 곧 이 시인이 남기는 인생론적 아포리즘이 되고 있다.

변화와 생성으로 본 '비천飛天'의 삶의 역동성

— 박제천의 〈비천飛天〉

비천飛天 _ 박제천

나는 종이었다. 하늘이 내게 물을 때 바람이 내게 물을 때
나는 하늘이 되어 바람이 되어 대답하였다.
사람들이 그의 괴로움을 물을 때 그의 괴로움이 되었고
그의 슬픔을 물을 때 그의 슬픔이 되었으며
그의 기쁨을 물을 때 그의 기쁨이 되었다.

처음에 나는 바다였다. 바다를 떠다니는 물결이었다.
물결 속에 떠도는 물방울이었다. 아지랑이가 되어
바다 꽃이 되어 하늘로 올라가고 싶은 바램이었다.

박제천(朴堤千) _ 서울 출생(1945~). 아호는 방산재芳山齋. 동국대학교 졸업. 『현대문학』에 시 〈빈사瀕死의 새〉(1965. 3) 〈심야의 방에서〉(1965. 9) 〈벽시계〉(1966. 7) 등이 추천 완료되어 등단. 시집 《장자시莊子詩》《심법》《율律》《달은 즈믄 가람에》《어둠보다 멀리》《너의 이름 나의 시》《아,》《도깨비가 그리운 날》《호랑이 장가가는 날》《무지개 도둑》《마틸다》《천기누설》 등 상재. 현대문학상 외 수상 다수.

처음에 나는 하늘이었다. 하늘을 흘러 다니는 구름이었다.
구름 속에 떠도는 물방울이었다. 비가 되어 눈이 되어
땅으로 내려가고 싶은 몸부림이었다.
처음에 그 처음에 나는 어둠이었다. 바다도 되고
하늘도 되는 어둠이었다. 나는 사람들의 마음 속에
깃들어 있는 그리움이며 미움이며 말씀이며 소리였다.

참으로 오랫동안 나는 떠돌아 다녔다. 내 몸 속의
피와 눈물을 말렸고, 뼈는 뼈대로 살은 살대로 추려
산과 강의 구석구석에 묻어 두었고. 불의 넋 물의 흐름으로만 남아
땅 속에 묻힌 하늘의 소리 하늘로 올라간
땅 속의 소리를 들으려 하였다.

떠돌음이여
그러나 나를 하늘도 바다도 어둠도
그 무엇도 될 수 없게 하는 바람이여
하늘과 땅 사이에 나를 묶어두는 이 기묘한 넋의 힘이여
하늘과 땅 사이를 날게 하는 이 소리의 울림이여

해설과 심층분석

이 시 〈비천〉은 박제천 시인의 제4시집 《달은 즈믄 가람에》(1984)에 수

록되어 있다. 그동안 전국의 시낭독회에서 매우 많은 사랑을 받아왔는데도 의외에도 이렇다 할 해설이나 평설이 없다. 낭독의 청자나 또는 독자로서 끝없는 자유 상상력을 펼쳐볼 수 있는 내용인데 의외에도 그렇게 되어 있다는 사실에는 분명 큰 이유가 있다 싶다.

즉 낭독이나 읽기로서는 상상력을 자극시킬 수 있는 역동성의 발휘야 충분하지만 막상 해설이나 평설을 해 보려면 고등수학을 풀어내기만큼 어렵기 때문이 아니었나 싶다. 공교롭게도 같은 대학의 동창생 시인인 문효치도 같은 제목의 시를 쓴 적이 있는데 그 '비천' 은 악기를 연주하는 '비천' 으로 그 여인을 향한 시인의 사모의 정만을 표현하고 있기에 아주 평이하게 읽힌다.

그래서 나는 이 시의 내용도 내용이겠지만 특별히 그런 점을 고려하여 대표시로 취택해 풀이를 해 보고자 한다. 우선 이 작품의 모티브는 에밀레종의 종신에 주조되어 있는 비천상에서 얻었다.

'비천' 은 기독교의 천사와 같은 존재로 불교에서는 천상의 선녀 내지 천녀를 일컫는다. 그 종에 보이고 있는 이 비천상은 구름을 타고 하늘에 떠서 연화좌 위에서 무릎을 꿇고 부처께 공양하는 모습이다. 물론 다른 비천상에는 이와는 달리 악기를 다루거나 오로지 하늘만을 날고 있는 것도 있다.

박제천 시인은 우리 시단에서 일찍부터 노장세계와 불교적 사유를 담아내는 데 일가를 이루고 있다는 것은 이미 알려진 사실이다. 여기에다 이 작품이 수록되어 있는 시집《달은 즈믄 가람에》의 내용이 삼국유사의 설화나 사라져가는 전통생활의 풍정을 집중적으로 다루고 있는 점을 감안하면 결국 이 작품도 크게는 그런 의미의 그물망에 속한다.

한 마디로 이 작품 〈비천〉은 우주만상의 근본원리나 이치가 시간의 흐름 속에서 변화와 생성과 소멸이란 순환을 반복한다는 밑그림에서 형상화된 것이다.

이에는 노장의 무無와 유有의 개념이나 불교의 공空사상이나 연기설이 혼용되어 있다 보아진다. 꽤 긴 편에 속한다. 서술시로서 나열식 구성이 특징이라면 특징이라고 지적할 수 있다. 시적 화자로 '나'를 내세우고 있는데 이 '나'는 에밀레종에 나와 이는 제목 그대로 비천상의 '비천'이라 할 수 있는데, 더 넓혀 확대하면 '비천'이 들어 있는 범종 자체라 해석할 수도 있다.

그럼, 시의 현장에 들어가 그 구체적 구성이나 구조 그리고 내용을 차근차근히 풀이해 보기로 하겠다.

제1연 첫 행은 "나는 종이었다"이다. 에밀레종에서 모티브를 얻은 만큼 제목 '비천'과 관련 있는 종을 맨 먼저 언급해 보고 있는 것이다. 그 다음 1행에서 5행까지의 내용은 범종의 의미성을 풀어내주고 있다. 그 소리가 하늘로, 바람 속으로 울려 퍼질 때 속세의 대중들에게는 괴로움, 슬픔, 기쁨의 친구가 되었다는 것이다. 이는 곧 사바세계에서의 범종의 효험과 유익을 제시해 본 경우다.

그 다음 둘째 연으로 와서 시 구성상의 전개로 보면 '처음에'로 시작하는 문단이 2회가 나오고, 그 다음 '처음에 그 처음에'란 문단이 다시 한 번 더 나온다. 이 부분이 바로 변화와 생성과 소멸이란 노장의 사상이나 불교의 공사상이나 연기설이 딱 꼬집어서 적시하긴 어렵지만 일정 부분 용해되어 있는 부분이다. 삼라만상의 자연현상이 어떤 연으로 무에서 유로 또 유에서 무로 변화하고 유전한다는 이치를 시적으로 예증해 보이고 있는 경우라 하겠는데, 이는 곧 이 시인이 상상력으로 창작해 본 비천의 탄생설화에 해당한다.

이를 순서에 따라 좀 더 구체적으로 풀이해 본다. 맨 처음 나온 '처음에'로 시작되는 문단은 "나는 바다였다"이다. 이 바다가 '물결—물방울— 바다 꽃 아지랑이' 란 변화과정을 거쳐 종국에는 하늘로 올라가고자 하는 바람을 가졌다는 것이다. 이는 새로운 세계 즉 바다에서 하늘로 향한 변화의 상승욕구가 된다.

두 번째 '처음에' 의 문단에는 "나는 하늘이었다" 이다. 이 하늘 역시 유기적 연관구조로 '구름— 물방울— 비나 눈' 이란 변화과정을 거쳐 땅으로 내려가고 싶은 몸부림을 쳤다는 것이다. 이는 바로 앞에 나온 내용과는 반대로 하늘에서 땅이란 새로운 세계를 향한 하강욕구이다.

세 번째 나오는 '처음에' 는 바다보다도 하늘보다도 더 앞선 "나는 어둠이었다" 이다. 비천이 탄생된 창조의 배태요 그 시원이다. 그 어둠에서 바다도 하늘도 형성되었다고 보고 드디어 사람들의 마음 속에 깃들어 있는 "그리움이며 미움이고 말씀이고 소리였다" 는 것이다.

셋째 연에 오면 이 시의 모티브가 되었다는 에밀레종의 비천상이 만들어진 시기가 서기 771년이니 "참으로 오랫동안 나는 떠돌아 다녔다" 고 자기고백을 하게 된다. 중생들의 소원이나 기원을 들어주기 위해 육신을 소멸시켜 가며 자기희생을 한 결과 "땅 속에 묻힌 하늘의 소리/ 하늘로 올라간 땅 속의 소리" 가 되었고 또 그 소리를 들으려 했다는 것이다.

마지막 넷째 연에서는 '떠돌음이여' 라고 자기의 숙명이나 팔자를 확인해 보며 자기의 삶을 정리해 본다. 울려 퍼져나가는 종의 숙명으로 그 어떤 구체적 모습의 자기도 못된 채 그저 소리로써 울림으로써 하늘과 땅 사이에만 묶이어 날고 있다는 자기 확인으로 끝맺고 있다.

그러고 보면 이 작품은 비천상에 나와 있는 비천의 시적 일대기다. 아니 인격화 시켜본 삶의 과정 이야기다. 그리고 서술체의 자기 고백이다. 구성을 다시 차례대로 요약해 보면 중생을 위한 종(비천)의 존재와 그 필요성—비천의 탄생 설화식 시적 구성—그 이후 떠돌음의 행적—시적 화자의 자기관조와 이에 따른 현재의 자기 심경의 표현으로 이어져 있다고 정리할 수 있다. 특이한 점은 철저히 시적 화자인 '나(비천)' 의 목소리에 만 의존하고 있는 점이다. 적어도 끝마무리쯤에 가서는 시인 자신의 느낌이나 어떤 생각의 목소리가 있을 법한데 철저히 객관화로 일관되어 있다.

한 마디로 흡사 불립문자 같은 내용의 아우라가 일반 시작품과는 현격한 차별성을 보여, 마치 울려 퍼지고 있는 종소리의 여음을 듣고 있는 듯한 작품이다.

따뜻한 인간애 정신의 압권

— 정호승의 〈내가 사랑하는 사람〉

내가 사랑하는 사람 _ 정호승

나는 그늘이 없는 사람을 사랑하지 않는다
나는 그늘을 사랑하지 않는 사람을 사랑하지 않는다
나는 한 그루 나무의 그늘이 된 사람을 사랑한다
햇빛도 그늘이 있어야 맑고 눈이 부시다
나무 그늘에 앉아
나뭇잎 사이로 반짝이는 햇살을 바라보면
세상은 그 얼마나 아름다운가

나는 눈물이 없는 사람을 사랑하지 않는다
나는 눈물을 사랑하지 않는 사람을 사랑하지 않는다

정호승(鄭浩承) _ 경남 하동 출생(1950~). 경희대학교 국문학과 졸업, 동 대학원 수료. 1972년 「한국일보」 신춘문예에 동시 〈석굴암에 오르는 영희〉가 당선. 1973년 「대한일보」 신춘문예에 시 〈첨성대〉가 당선되어 등단. 시집 《슬픔이 기쁨에게》 《새벽 편지》 《별들은 따뜻하다》 《사랑하다가 죽어 버려라》 《외로우니까 사람이다》 《눈물이 나면 기차를 타라》 《내가 사랑하는 사람》 《밥값》 등 상재. 소월시문학상 외 수상 다수.

나는 한 방울 눈물이 된 사람을 사랑한다
기쁨도 눈물이 없으면 기쁨이 아니다
사랑도 눈물 없는 사랑이 어디 있는가
나무 그늘에 앉아
다른 사람의 눈물을 닦아주는 사람의 모습은
그 얼마나 고요한 아름다움인가

해설과 심층분석

정호승 시인의 시 〈내가 사랑하는 사람〉에 있어서 주제상의 핵심어는 '그늘' 과 '눈물' 이다. 그 대조의 뜻을 지닌 대칭어로서 보조어는 '햇빛' 과 '기쁨' 이다. 문맥상으로 보아 '그늘' 의 뜻은 '아픔' 내지 '근심 · 걱정' 정도로 해석되며, '눈물' 은 '슬픔' 을 말한다.

인생이란 대개 '그늘' 이 있는 곳에 '햇빛' 도 있고 반대로 '햇빛' 이 있는 곳에 '그늘' 이 있기 마련이고, 또 '눈물' 이 있는 곳에 '기쁨' 이, '기쁨' 이 있는 곳에 '슬픔' 도 있기 마련이다. 말하자면 이 시는 이런 인생의 보편적 진실을 바탕 삼아 상호보존성 차원에서 '그늘' 과 '눈물' 의 문제를 다루고 있는 인생론류의 시라 정의할 수 있다.

전체 15행 2연으로 된 이 시의 구조는 1연과 2연이 꼭 같이 서술 → 아포리즘 삽입 → 묘사적 장면제시 및 그 찬탄으로 되어 있으며, 1연은 '그늘' 이, 2연은 '눈물' 이 각각 주제화 되어 있다.

이런 기본 이해를 가지고 이 시를 하나하나 풀이해 나가 보기로 하겠다.

제목이 '내가 사랑하는 사람' 이니 그 내용으로 보아 '좋아하는 사람' 정도도 가능하다. 그러면 시인이 좋아하는 사람은 대체 어떤 유형의 사람들일까? 이중부정으로 되어 있는 1연의 1행과 2행은 물론 약간 뉘앙스의 차이야 있겠지만 뒤집어 말해 보면 첫째 타입은 '그늘이 있는 사람', 둘째 타입은 '그늘을 사랑하는 사람' 이 되고 그 다음 셋째 타입이 바로 '한 그루의 그늘이 된 사람' 이다. 이때 '한 그루의 그늘이 된 사람' 은 남의 '아픔' 이나 '근심 · 걱정' 을 감싸주고 위로해 주는 인간애의 소유자를 말한다.

그런데 왜 첫째와 둘째 타입을 언급하면서 일부러 이중부정을 사용하고, 셋째는 이와는 달리 긍정문 형태인가를 생각해 볼 필요가 있다. 사실 이 시의 묘미 하나가 여기에 있다. 1행과 2행을 3행과 꼭 같이 긍정문으로 표현했다면 단조롭고 대신 감칠 맛이 나지 않을 것이다.

따라서 이중부정의 긍정과 긍정문 자체의 긍정에는 그 긍정 정도에 상당한 차이가 있는 만큼 1행과 2행은 이중부정이고, 3행은 긍정 자체이니 이는 곧 어느 누구에게 그 사랑의 무게를 더 주고 있는가를 염두에 둔 표현이라 하겠다. 이런 동일 어법은 역시 '눈물' 편이라 할 수 있는 2연의 1행과 2행 그리고 3행에서도 그대로 나타나 있다. 이것이 바로 1연의 3행까지와 2연의 3행까지의 설명인 셈인데, 그 다음에 바로 아포리즘이 따라 붙는다.

1연에서는 "햇빛도 그늘이 있어야 맑고 눈이 부시다", 2연에서는 "기쁨도 눈물이 없으면 기쁨이 아니다/ 사랑도 눈물 없는 사랑이 어디 있는가" 라는 아포리즘이다. 이는 곧 '햇빛' 과 '기쁨' 도 사실은 '그늘' 과 '눈물' 이 있어야 빛이 난다는 인생론적 그 의미성의 확인이요 의미성의 부여다.

그 다음이 장면묘사로 된 이 시의 하이라이트인 동시에 마무리 처리이다. 1연에서는 "나무 그늘에 앉아/ 나뭇잎 사이로 반짝이는 햇살을 바라보면/ 세상은 그 얼마나 아름다운가" 로 되어 있고, 2연에서는 "나무 그늘에 앉아/ 다른 사람의 눈물을 닦아주는 사람의 모습은/ 그 얼마나 고요한 아름다움인가" 라고 각각 설의법으로 감탄해 마지 않고 있다.

이를 곧 확대 해석해 보면 '그늘이 있는 사람' '그늘을 사랑하는 사람' '그늘이 된 사람' '눈물이 있는 사람' '눈물을 사랑하는 사람' '한 방울의 눈물이 된 사람' 이 언뜻 동병상련 같은 심정으로 다같이 모여 서로 위로해 주고 위로 받는 아름다운 인간애의 발로요 그 실천으로 비춰져 매우 감동적이다.

그러면 이제부터는 지금껏 설명해 온 이 시의 장점을 종합해 정리해 보기로 하겠다.

첫째, 긍정 일변도가 아니라 이중부정의 수사법도 있어 미묘한 뉘앙스의 차이 같은 것을 감지할 수 있다. '나는 그늘이 있는 사람을 사랑한다' 라고 시작되었다면 이 시의 맛은 반감하고 말았을 것이다. 둘째, 아포리즘의 도입이 보편적 진실을 확인시켜 주는 수사적 장치가 되고 있다. 셋째, '그늘' 이나 '눈물' 이 없는 완벽한 인간들이 아니라 '그늘' 과 '눈물' 이 있는 약자나 불행한 사람들에 대한 동정과 긍휼이란 폭넓은 인간애가 가슴에 와 닿는다. 넷째, 1연과 2연의 마무리가 매우 감동적인 장면으로 처리되어 있어 가히 휴머니즘의 압권이다.

위트정신의 발상과 그 역설적 인생 교훈

— 박상천의 〈줄다리기〉

줄다리기 _ 박상천

줄다리기의 역설을 아는 이들은
조급해 하지 않습니다.

힘이 강한 이가 힘을 쓴 만큼
그들은 뒤로 물러갑니다.
물러가고서도 이겼다고 좋아하지만,
그러나 아시나요
힘이 약해 끌려간 것으로 보이는 이들이
강한 이들의 영토를 차지하면서 전진하고 있다는 것을

박상천(朴相泉) _ 전남 여수 출생(1955~). 한양대학교 국문과 졸업, 동 대학원(석사)을 거쳐 동국대 대학원 수료. 문학박사. 1980년 『현대문학』에 시 〈가을은〉 등이 추천 완료되어 등단. 현재 한양대 교수. 시집 《사랑을 찾기까지》(1984) 《말없이 보낸 겨울 하루》(1988) 《5679는 나를 불안케 한다》(1997) 《한일대역 박상천시집》 《낮술 한잔을 권하다》(2013) 등 상재. 한국시인협회상(1998), 제5회 한국시문학상(2005) 등 수상.

줄다리기의 역설을 아는 이들은
세상을 조급한 마음으로 살아가지는 않습니다.

해설과 심층분석

우리나라의 전통 민속놀이 중의 하나인 줄다리기가 얼마 전에 유네스코에서 지정하는 인류무형문화유산으로 등재되었다. 축하할 일이다. 그러다 보니 문득 박상천 시인의 시 〈줄다리기〉가 생각났다. 그 제재가 때마침 이런 시기와 맞물려 있을 뿐만 아니라 꽤 흥미 있는 내용이라 대표시로서 언급해 볼만 하다 싶어 선택해 보았다.

사실 인간사회란 원천적으로 경쟁사회다. 태어남이란 것도 알고 보면 난자를 향한 3억분의 1이란 정자 하나가 경쟁에서 이겼기에 가능하다 했으니 참 시사하는 바가 많다. 그래서 경쟁에서 이기는 것은 필요선도 된다. 그러나 필요악도 된다.

선의의 경쟁이라면 필요선도 되겠지만 오로지 이기기만을 위해 물불을 가리지 않는다면 필요악이 된다. 여기에는 질투와 질시, 헐뜯기, 다툼이나 싸움, 상대방 넘어뜨리기나 죽이기가 따르기 마련이다. 그래서 이런 점을 경계하기 위해 이 시인은 이 시를 쓴 것이다.

이 시는 3연 10행으로 비교적 짧다. 제목에 나타나 있듯 줄다리기 시합에서 끌려가고 끌려오는 것을 역으로 끌려가는 것을 이기는 것으로, 또 반대로 끌어오는 것을 지는 것이라 역설적으로 파악하여 해석하고 있다.

일단 제 1연에서는 이런 역설을 환기시키면서 이런 이치를 아는 사람은 세상살이에서 조급해 하지 않는다는 점을 주지시킨다. 제 2연에서는 그 역설을 현장감 있게 증명해 보이고 있다. 힘이 강한 이는 뒤로 물러간 형국인 반면 힘이 약해 끌려간 것은 강한 이의 영토를 차지하며 전진하고 있음을 주지시킨다. 끝연 3연은 수미상관 형식으로 이 역설을 아는 사람은 세상을 조급한 마음으로 살아가지 않는다고 다시 한 번 더 강조하며 그런 점을 일깨워주고 있다.

그러고 보면 이 시는 역설적 교훈을 주는 시다. 단순해 보일지 모르지만 줄다리기 시합에서 이런 역설을 도출해낸다는 것은 매우 위트 넘치는 관찰이요 그 해석이라 할 수 있다. 크게는 '이기는 것이 지는 것이고, 지는 것이 이기는 것' 이란 포괄적 인생 비유시인 동시에 마음의 여유로움이나 양보의 미덕을 가르쳐주는 아포리즘의 시도 된다.

설사 경쟁사회에서 누가 오늘 졌다 할지라도 다음번에는 이길 수 있는 기회는 늘 열려 있는 것이 우리의 인생살이다. 아니 와신상담의 승자도 있지 않았던가.

서민들의 삶을 연민의 정으로 본 따뜻한 동류의식

— 곽재구의 〈沙平驛사평역에서〉

沙平驛사평역에서 _ 곽재구

막차는 좀처럼 오지 않았다.
대합실 밖에는 밤새 송이눈이 쌓이고
흰 보라 수수꽃 눈시린 유리창마다
톱밥 난로가 지펴지고 있었다.
그믐처럼 몇은 졸고
몇은 감기에 쿨럭이고
그리웠던 순간들을 생각하며 나는
한 줌의 톱밥을 불빛 속에 던져 주었다.
내면 깊숙이 할 말들은 가득해도

곽재구(郭在九) _ 광주 출생(1954~). 전남대학교 국문학과 졸업, 숭실대학교 대학원 수료. 현재 순천대 교수. 1981년 「중앙일보」 신춘문예에 시 〈사평역沙平驛에서〉가 당선되어 등단. 시집 《사평역에서》(1983) 《전장포 아리랑》(1985) 《한국의 연인들》(1986) 《서울 세노야》(1990) 《참 맑은 물살》(1994) 《꽃보다 먼저 마음을 주었네》(1999) 《와온 바다》(2012) 등 상재. 《곽재구의 포구기행》 외 산문집 다수. 동서문학상 등 수상 다수.

청색의 손바닥을 불빛 속에 적셔 두고
모두들 아무 말도 하지 않았다.
산다는 것이 술에 취한 듯
한 두름의 굴비 한 광주리의 사과를
만지작거리며 귀향하는 기분으로
침묵해야 한다는 것을
모두들 알고 있었다.
오래 앓은 기침 소리와
쓴 약 같은 입술 담배 연기 속에서
싸륵싸륵 눈꽃은 쌓이고
그래 지금은 모두들
눈꽃의 화음에 귀를 적신다.
자정 넘으면
낯설음도 뼈아픔도 다 설원인데
단풍잎 같은 몇 잎의 차창을 달고
밤 열차는 또 어디로 흘러 가는지
그리웠던 순간을 호명하며 나는
한 줌의 눈물을 불빛 속에 던져 주었다.

해설과 심층분석

곽재구 시인의 시 〈沙平驛[사평역]에서〉가 발표된 지 만 36년이 되었다.

1981년도 중앙일보 신춘문예 당선시인데 그동안 제법 많은 사랑을 받아 왔던 시이다.

이 시의 공간 배경과 소재가 된 '사평역'은 실제로는 존재하지 않는 역(현재는 서울 지하철 역명으로 존재) 명이지만, 일설에 의하면 순천과 목포 사이에 있는 '남평역'이 모델이 되었다 한다.

시적 자아인 주인공 '나'는 지금 밤늦게 막차를 기다리고 있는 10여 명과 함께 간이역 대합실 난로 앞에 앉아 불을 쪼이고 있다. 밖에는 눈이 내리고 있다. 시의 문맥으로 유추해 보면 그에겐 과거 한 때는 그리워할 만한 좋은 시절이 있었지만 지금은 그렇지 않다. 을씨년스럽도록 마음이 스산하고 침잠되어 있다. 난롯가에 함께 자리를 하고 있는 사람들을 보며 자기 연민에서 그들에게도 연민과 긍휼감의 동류의식을 느낀다.

연 가름 없이 27행으로 된 이 시는 서정과 서경이 잘 조화된 서정적 산문시라 할 수 있다. 내용 단위에 따라 '~다'라는 서술형 종결어미로 끝나는 곳을 연 가름해 보면 7연 시가 된다. 그리고 과거 시제로 된 종결사를 모두 현재 시제로 바꾸어 읽어도 무방하다.

그러면 일단 다음은 설명의 편의를 위해 7연 시로 갈라서 설명해 보기로 하겠다. 막차를 기다리는 시간의 경과에 따른 시적 자아인 주인공의 주변 관찰, 이에 촉발되는 어떤 생각이나 사념 그리고 주인공의 어떤 행위가 나오고 있다.

첫 행 제1연은 막차가 오지 않고 있다는 정보의 제시요, 그 알림이다. 2연(2~4행)은 대합실 안과 밖의 정경 묘사다. 밖에는 눈이 내리고 안에서는 난롯불이 타고 있는데, 이는 차가움과 따뜻함의 대비다. 3연(5~8행)은 난롯가에 앉아 있는 사람들의 모습이다. 지쳐 졸고 있는 사람들과 감기에 걸려 기침하고 있는 사람들 그리고 난로에 톱밥을 한 줌 집어넣고 있는 '나'가 나온다. 삶에 지치고 피곤에 지쳐 있는 서민생활의 부각이다. 4연(9~11행)은 모두가 한 마디 말도 없이 침묵으로만 일관하고 있는 모습이다. 5연(12~16행)에서는 침묵하고 있는 그 이유를 밝혀주고 있다. 그것은 '나' 가 상대방들을 보며 미루어 짐작해 보는 내용인데, 서로가 피차 삶에 지쳐 이렇다 하게 내세울 이야기가 없는 처지라 입을 꼭 다물고 있다는 관찰이요 판단이다. 6연(17~21행)에서는 3연에 나왔던 사람들의 모습을 다시 한 번 관찰한다. 감기 환자의 기침과 다른 이의 담배 피우는 모습, 여기에다 2연에 나왔던 대합실 밖 눈 내리고 있는 장면의 재환기가 따른다. 7연(22~27행)에서는 밤 열차 달리는 소리를 들으며 주인공이 잠시 지난날을 생각하며 눈물을 흘리는 것으로 마무리되고 있다. 그 눈물은 자기에 대한 연민의 눈물인 동시에 같이 앉아 있는 힘없는 사람들에게서 동류의식을 느끼며 흘리는 연민의 눈물이기도 하다.

이렇게 보면 이 시는 극히 정적이고 감성적이다. 그런데 왜 이 시가 그렇게 사랑을 많이 받아 왔는지를 살펴 볼 필요가 있다. 그 몇 가지 점을 이끌어내 설명해 보겠다.

첫째, 어차피 우리의 삶은 막차를 기다리듯 서글프고 고통스러운 여정이란 점과 연관이 있다. 간이역의 쓸쓸한 풍경과 막차를 기다리는 가난한 서민들의 측은스런 삶의 모습 그리고 주인공 '나' 의 슬픔과 자기연민이 바로 독자들의 페이소스를 불러 일으켜 주기에 충분하다.

둘째, 시적 자아인 '나' 가 대합실의 사람들과 삶의 고달픔이나 회한을 같이 나누고자 하는 동류의식이 은연중 나타나 있어 좋다.

셋째, 감각어를 많이 이용하고 있어 생동감이 난다. '흰 보라 수수꽃', '청색의 손바닥', '불빛', '한줌의 눈물', '만지작거리며', '싸륵싸륵 눈꽃은 쌓이고', '쓴 약 같은 입술 담배 연기' 등과 같은 시각, 촉각, 청각, 미각어가 있어 시의 현장에 생기를 불어 넣고 있다.

넷째, 표현법에 있어서도 꽤 신경을 썼다. 10행의 "청색의 손바닥을 불빛 속에 적셔 두고"와 21행의 "눈꽃의 화음에 귀를 적신다"를 일반적 표현으로 썼다면 각각 '내밀고', '기울인다'가 되었을 것이다. 그러나 좀 차별성 있는 표현을 쓰자는 뜻에서 촉각적 환기력이 있는 '적셔두고' '적신다'를 일부러 사용했다고 볼 수 있다. 그리고 8행 "한 줌의 톱밥을 불빛 속에 던져 주었다"와 '끝행인 27행 "한 줌의 눈물을 불빛 속에 던져 주었다"도 대구對句 형식으로 일치시키고 있는 점이라 간과할 수는 없다. 뿐만 아니라 7행 "그리웠던 순간들을 생각하며 나는"과 26행 "그리웠던 순간들을 호명하며 나는"에서는 단어 사용의 중복을 피하기 위해 일부러 '호명'이란 예사롭지 않은 단어를 차용한 것도 눈여겨 볼만 하다.

끝으로 이 시의 '옥에 티'라면 10행에 나오는 '청색의 손바닥'이란 표현이 아닐까 싶다. 특별한 상징적 뜻이 없는 이상, 실내조명과 난롯불에 비춰진 희미한 손바닥 색깔, 기약 없이 마냥 막차를 기다리고 있는 정황과 그에 따른 마음 분위기 등을 고려해 보아, 요는 '청색'이라기보다는 '푸르스름'이란 단어가 훨씬 어울린다는 뜻이다.

삶의 보편적 진실을 노래한 인생론의 비유시

— 김현숙의 〈풀꽃으로 우리 흔들릴지라도〉

풀꽃으로 우리 흔들릴지라도 _ 김현숙

우리가 오늘 비탈에 서서
바로 가누기 힘들지라도
햇빛과 바람 이 세상맛을
온몸에 듬뿍 묻히고 살기는
저 거목과 마찬가지 아니랴

우리가 오늘 비탈에 서서
낮은 몸끼리 어울릴지라도
기쁨과 슬픔 이 세상 이치를

김현숙(金賢淑) _ 경북 상주 출생(1947~). 이화여자대학교 영문학과 졸업. 1982년『월간문학』신인상에 시 〈침수지의 가을〉이 당선되어 등단. 시집《유리구슬 꿰는 바람》《마른 꽃을 위하여》《쓸쓸한 날의 일》《꽃보라의 기별》《그대 이름으로 흔들릴 때》《내 땅의 한 마을을 네게 준다》《물이 켜는 시간의 빛》《소리 날아오르다》등과 공동수필집《사랑은 노을 속에 무너져 내리고》등 상재. 윤동주문학상, 한국문학예술대상 외 수상 다수.

온 가슴에 골고루 적시며 살기는
저 우뚝한 산과 무엇이 다르랴

이 우주에 한 점
지워질 듯 지워질 듯
찍혀 있다 해도.

해설과 심층분석

김현숙 시인의 시 〈풀꽃으로 우리 흔들릴지라도〉를 뽑아 보았다. 이 시는 짧고 평이하면서도 시인이 뜻하고자 하는 바를 과부족 없이 깔끔히 다 전달하고 있다. 그리고 수사적 특징으로 보면 비유시라 할 수 있고, 내용상의 시적 분위기로 보면 인생론적 명상시이며, 주제로 보면 비유어의 대비를 통해 삶의 보편적 진실을 말하고 있다.

이런 점을 직접 시를 통해 살펴보기로 하겠다. 제1연과 2연 첫 행에 "우리가 오늘 비탈에 서서"가 반복해서 나오는데 이는 곧 힘들고 불안한 현재적 삶의 불안정성을 의미하는데 즉 평범한 일반 서민들의 삶의 조건을 말한다. 그리고 바로 그 다음으로 연결되는 부분이 1연에서는 "바로 가누기 힘들지라도"로, 2연에서는 "낮은 몸끼리 어울릴지라도"로 이어지는데 이는 곧 삶의 어려움과 그 어려운 삶을 함께 어울려 살고 있는 서민들의 동류의식을 말하고 있는 것이다.

그런데 이런 부류의 사람들이 1연에서처럼 살면서 몸으로 체험하는 '세상맛'이나 또 2연에서처럼 마음으로 깨닫는 '세상 이치'는 이른바

'거목' 같은 인생이 되었건 또 '우뚝한 산' 같은 인생이 되었건 그들과 별 차이가 없다는 것이 곧 이 시의 핵심이다.

더욱이 3연에 가서는 이런 지상적 차원의 사유를 설령 우주적 차원으로 확대 · 사유해 보더라도 우리의 목숨이나 삶이 있는 둥 마는 둥 찍혀 있는 우주의 한 점에 불과한 만큼, 사실 잘 났건 못 났건, 잘 살건 못 살건 모든 사람들이 티끌처럼 목숨을 부지해 사는 것은 매한가지라는 것을 함축적으로 암시하고 있다. 불가적 공空 사상과도 맥이 닿고 있는 부분이다. 사실 평범한 서민들이 인생을 살아가면서 나보다도 잘 되어 있는 사람들과 비교해 가며 살려면 한계가 없다. 비교는 오히려 불만과 불행을 자초할 뿐인 만큼 차라리 주어진 현재의 조건에 그나마 자기 만족이나 위안을 찾으며 사는 것이 순리요 도리다. 이는 수많은 동서고금의 행복론자들이 설파해 온 메시지이다.

그래서 이 시는 힘 없는 '풀꽃' 인생이나 또 반대로 힘 있는 '거목' 인생이나 '우뚝한 산' 인생도 결국 산다는 것 자체로만 보면 매마찬가지 아니겠는가라고 설의設疑법을 차용하여 은연중 그 비교도 경계함과 동시에 자족과 위안을 권유해 오고 있는 것이다. 말하자면 시로 형상화시켜 본 인생론이요 행복론인 셈이다.

이쯤에서 우리는 이 시의 제목을 다시 한 번 음미해 볼 필요가 있다. 제목에 담긴 암시적인 뜻은 곧 비록 "풀꽃으로 우리 흔들릴지라도" 삶을 긍정적으로 살고 보자는 메시지다.

그리고 '풀꽃' 인생들을 바라보는 시인의 시각에는 동변상련 같은 긍휼의식도 깔려 있다 싶어 일말의 페이소스도 느껴지고 있다.

평이하면서도 우리의 삶을 다시 한 번 반추케 해 보도록 유도하고 있는 좋은 내용의 시다.

대승大乘적 삶을 일깨워주는 돌의 의미

— 이희선의 〈노딛돌〉

노딛돌 _ 이희선

내가 얼마를 참고
물살에 견뎌야
실개천을 건너는 노딛돌이라도 될까
내 등 기대라고 맘 열어 본 적 있던가
돌 앞에선
돌대가리란 말, 무디다는 말, 차갑다는 말하지 마라
건널 사람에게 발 밑 너붓이 엎드려
징검돌이 되어주는
그가 돌을 깨운다
나를 깨운다

이희선(李熙善) _ 경남 거창 출생(1939~). 수도여자사범대학 국문과 졸업. 1988년 『예술계』 신인상에 시 〈돌의 산책〉 〈제재소 앞에서〉 등이 당선되어 등단. '예술시대' 동인. 시집 《돌의 산책》 《수평선 하나 그어 놓고》 《저녁 종소리가 길이 되어》 《돌이 날아다닐 때》 《참나무 숲이 된 여자》 《이희선 시전집》(2016), 사화집 《시인의 돌》 등 상재. 한국문인협회 서울시문학상, 에스쁘아문학상, 성동문학상 외 수상 다수.

해설과 심층분석

돌이나 또는 바위를 노래할 때에는 대체로 두 가지의 시학적 접근이 가능하다. 돌 자체의 본원적 속성을 나와 관련지어 주제화 하는 경우가 있다면, 다른 하나는 주춧돌이나 고임돌처럼 그 사용 목적성을 인생의 은유로써 주제화 하는 경우라 하겠다. 청마 유치환 시인의 〈바위〉가 전자의 경우라면, 이희선 시인의 〈노딛돌〉은 후자에 속한다.

그리고 돌이나 바위를 소재로 한 시의 경우, 십중팔구 대상과 '나' 사이는 불화가 아니라 일체감의 동일시에서 시적 영감을 얻고 있다.

이 시인은 그동안 '돌' 연작시를 많이 써온 시인이다. 선자가 뽑은 〈노딛돌〉은 우선 짧으면서 군더더기가 없고 시인이 뜻하는 바를 압축적으로 산뜻하게 전해 주고 있으며, 뿐만 아니라, 주제가 대승적 삶의 인생론적 교훈을 일깨워 주고 있어 더욱 좋다. 제목인 '노딛돌'은 경상도 방언으로써 징검돌을 말하는데, 이 시를 의미 단위로 분석해 보면 다음과 같다. 지금 노딛돌을 바라보는 시인은 '내가 얼마를 참고 물살에 견뎌야/실개천을 건너는 노딛돌이라도 될까' 라면서 일단 대상과 나의 동일시에서 시를 열며 자기 인생수련을 자문해 보고 있다. 그 다음, 현실생활의 자기를 다시 생각해 보며 사람들에게 '내 등 기대라고 맘 열어본 적 있던가' 라고 자기반성을 해보고 있다. 그 다음, 한갓 돌덩이에 불과하지만, 인간을 위해 대승적 자기희생이나 보시를 하고 있는데, 인간들은 그것도 모르고 폄하만 하고 있으니 그러지 말라고 타이르고 있다. 그 다음, 징검돌이 돌의 존재이유의 의미를 깨우치게 해준다면서 징검돌의 인생론적 은유성이 곧 하나의 교훈이 되어 '나를 깨운다' 라고 종결짓고 있다.

한 마디로 '자문 → 자기반성 → 충고하기 → 돌의 교훈성 → 내 의식의 개안' 이란 시적 구성이 매우 상큼하고 산뜻하다.

넷째 마당

풍경의 시학

- **홍윤기**의 〈단풍〉 _ 역동적 생명력의 표출과 그 암시성
- **정득복**의 〈시간이 가네, 시간이 오네〉 _ 시간과 자연순리의 희망성 돋보여
- **진을주**의 〈바다의 생명〉 _ 시적 수사력이 출중한 환경생태시
- **이수화**의 〈조각달〉 _ 품격 높은 깔끔한 은유시로서 한 보기
- **강희근**의 〈산에 가서〉 _ 자연 속에서 펼쳐 보이는 천진한 동심의 세계
- **정민호**의 〈달밤〉 _ 달밤에 본 풍경화 시의 또 다른 맛
- **양왕용**의 〈갈라지는 바다〉 _ 젊은 날 고뇌와 욕망, 추상화적 수법의 형상화
- **이건청**의 〈망초꽃 하나〉 _ 범 생명주의적 따뜻한 관심 돋보여
- **유자효**의 〈은하계 통신〉 _ 우주시대 맞이한 현대판 엑조티시즘의 세계
- **김년균**의 〈갈매기〉 _ 불안정한 현재와 앞날에 걸어보는 기대

역동적 생명력의 표출과 그 암시성

– 홍윤기의 〈단풍〉

단풍 _ 홍윤기

기운 썩 좋은 낮 붉은 아이들
아우성치면서 벼랑 타고 오르는 소리

성대 썩 좋은 아이들
온통 산에 불지르는 함성이다

아니 온몸 속속들이
시뻘겋게 달아올라
이윽고 분출하는 화산이다

홍윤기(洪潤基) _ 서울 출생(1933~). 한국외국어대 영어과 졸업. 일본센슈대학 대학원 수료. 문학박사. 『현대문학』에 시 〈석류사초〉(1958. 8) 〈비둘기〉(1958. 9. 2) 〈신령지의 노래〉(1959. 4) 등이 추천 완료되어 등단. 1959년 「서울신문」 신춘문예에 시 〈해바라기〉 당선. 시집 《내가 처음 너에게 던진 것은》《수수한 꽃이여》《시인의 편지》 등과 이론서 《시창작법》《한국현대시 해설》《한국의 명시 감상》 등 상재. 한국문학상 외 수상 다수.

불타는 산 속에서 나도 불붙어
고래고래 외친다

해설과 심층분석

홍윤기 시인의 시 〈단풍〉을 선택해 보았다. 짧으면서도 시각적 이미저리, 청각적 이미저리, 역동적 이미저리를 능란하게 구사하여 시인의 어떤 마음 풍경을 은근 슬쩍 잘 암시해 주고 있는 수작이다.

시의 문체로 보면 묘사적 이미저리와 비유적 이미저리에 의존하고 있으며, 시의 유형으로 보면 모더니즘의 시에 속한다.

1연과 2연 그리고 3연에서는 '나'와 '대상' 사이에 객관적 거리를 유지하고 있는데 만약 이 시가 여기서 끝났다고 가정해 보면 순수 이미지즘의 시에 속할 것이다. 그러나 마지막 연에서 '나'를 대상과 동화시키며 동질성을 발견하고 있기에 크게 보아 모더니즘의 시로 분류해 볼 수 있다.

1연에서는 단풍잎을 '낯 붉은 아이들'로 시각화 시켜 놓고 난 다음, 단풍을 '벼랑 타고 오르는 소리'로 비유해 청각화 시키고 있다.

2연에서는 그 강도를 높여 단풍을 '불 지르는 함성'으로 비유해 청각화 시키고 있다.

그 다음 3연에서는 강조의 부정사인 '아니'를 동원해 보다 더 큰 확장 이미지, 즉 "시뻘겋게 달아올라/ 이윽고 분출하는 화산"으로 산 전체를 비유해 시각화 시켜 놓고 있다.

그 다음이 4연인데, 이 시의 묘미가 바로 여기에 있다. 즉, 1연과 2연의 청각 이미지와 3연의 시각이미지, 그리고 1연과 2연, 3연에서 보인 3개의 역동적 이미지들이 결합되면서 심층적 의미까지 암시해 주고 있다. 그것은 '단풍' 의 내면적 에너지가 이 시인으로 하여금 역동적 생명력을 만끽케 하면서, 문득 가는 세월(나이)이 아쉽다 싶으니 안간힘의 저항이라도 해본다는 뜻으로 해석된다.

결국 확장(확대) 이미지로 적층화 된 이 시의 구조가 매력인 동시에 끝연의 내포적 다의성도 격을 살려 주고 있다.

시간과 자연순리의 희망성 돋보여

— 정득복의 〈시간이 가네, 시간이 오네〉

시간이 가네, 시간이 오네 _ 정득복

시간이 가네.
시간이 가네.
햇빛 쏟아지는
세상의 들판에도
바람결에 흔들리는 나뭇가지에도
하늘을 떠도는 흰 구름에도
시간이 가네.

시간이 오네.
시간이 오네.

정득복(鄭得福) _ 경남 하동 출생(1937~). 경희대학교 국문학과 졸업. 1960년 『자유문학』에 시 〈폐허의 종〉 등이 추천되어 등단. 시집으로 《뿌리 내리는 땅》《나의 밤을 아침이 깨우나니》《바람 부는 언덕에 생명의 불 당기려》《첫사랑》《하동포구》《보이는 것과 안 보이는 것들》《산에 가면 산이 되고 싶다》《너무나 고운 님》 등 상재. 경희대문학상, 성호문학상, 한국문인산악회 문학상, 농민문학상, 팔달문학상 외 수상 다수.

산 넘고 물 건너
산골짜기 언덕에
새싹이 돋아나서
푸른 생명을 태어나게 하는
시간이 오네.

시간이 가네, 시간이 오네.

해설과 심층분석

정득복 시인의 시 〈시간이 가네, 시간이 오네〉는 3연으로 된 15행시다. 1연과 2연을 각각 7행으로 똑같이 맞추고, 마지막 3연 격이라 할 수 있는 것을 1행으로 종합 마무리하고 있다. 평이하고 산뜻하고 깔끔하다.

혹시라도 깊은 내용은 담고 있지 않다고 말할지는 모르겠지만 일차적으로 시의 리듬과 문맥적 흐름이 내용과 자연스레 일치하고 있어 좋다. 이 시의 키워드가 '시간' 인 만큼 시간의 속성이란 원래 물 흐르듯 막힘이 없는 것이기에 거기에 맞는 시의 가락이나 흐름이 곧 내용과 부합하고 있다는 뜻이다. 특별히 이 시에서 눈여겨봐야 할 점은 같은 어사語辭의 세 번 강조법이다. 먼저 그런 강조법에 대해 좀 설명하고, 그런 점을 다시 이 시와 관련지어 말해 보기로 하겠다.

우리 민족은 예로부터 어떤 표현에 리듬을 싣고자 하면 민요이건, 국악이건 또 판소리나 잡가에서건 같은 말을 세 번 반복하길 좋아한다. 가령 '간다' 도 '간다, 간다. 아주 간다' 이고, '가자' 도 '가자, 가자, 어서 가자' 이고, '온다' 도 '온다, 온다, 이제 온다' 이다. 심지어 '만세' 도 '만세, 만세, 만만세' 이다.

그래서 이런 전통적 가락의 유전자로 인해 소월도 〈산유화〉에서 "산에는 꽃 피네/ 꽃이 피네/ 갈 봄 여름 없이 꽃이 피네"로 시작했고, 박두진도 〈해〉에서 "해야 솟아라, 해야 솟아라, 말갛게 씻은 얼굴 고운 해야 솟아라"라고 노래했던 것이다. 이는 서양 시에서는 좀체 발견되지 않는 한국시 고유의 리듬 타기 반복법이라 할 수 있는데, 이를 언젠가 나는 내 나름의 표현으로 '3의 詩學[시학]' 이라 이름 지은 바도 있다.

그런데 위의 예에서 보다시피 세 번째 반복에서는 약간의 변화가 있다. 강조사를 붙이거나 아니면 설명을 첨가하여 표현을 확장시키고 있다. 이는 한국인의 호흡법에도 맞는 표현이 아닐까도 싶다.

그럼 다시 정득복 시인의 시로 돌아가 본다. 한 마디로 그의 시 〈시간이 가네, 시간이 오네〉야말로 지금 설명해 본 이런 전통적 시 가락의 흐름에 맞추고 있다는 점이다.

제 1연에서는 '가네' 가 세 번 반복되는데 그 세 번째 반복에서는 바로 앞에 설명이 첨가되어 반복되고 있다. 그 설명은 시간이란 무형이니만큼 그 무형의 시간 흐름을 유형의 물상에 대입해 본 것이다. 들판 → 나뭇가지 → 흰 구름 즉 땅과 그리고 하늘에서도 시간은 가고 있다는 수사적 강조이다.

제 2연에서는 '오네' 란 어사가 역시 세 번 반복되고 있다. '산 넘고 물 건너' 찾아오는 과정을 거쳐 '푸른 생명' 의 봄이 오는 것을 말하며, 다시 '시간이 오네' 를 반복하고 있다. 이것은 시간의 순환에 따른 생명의 부활이다. 이렇게 볼 때 이 시에 나타난 시간성은 마치 밤이 가면 아침이 찾아오듯 지속성과 영속성인 동시에 그 순환성을 노래하고 있다고 할 수 있다.

그리하여 이 시의 제일 끝 행에서는 1연에 나오는 '가네' 와 2연에 나오는 '오네' 란 말을 다시 받아 제목처럼 '시간이 가네, 시간이 오네' 란 단 1행으로 마무리 짓고 있는 것이다.

그런 점을 생각해 보아 나는 이 시를 앞에서 언급된 소월의 〈산유화〉와 다시 대비해 말해 볼까 한다. 유사한 점이 있어 흥미롭다. 첫째, 길이가 비슷하다. 〈산유화〉가 16행이라면, 이 시는 15행이다. 둘째, 두 시가 모두 '~네' 란 종결어미를 최대로 구사하여 부드러운 맛을 더해 주고 있다. 〈산유화〉의 제 1연에서 '피네' 란 말이 세 번 반복되고 또 그 제일 끝 연에서 '지네' 가 세 번 반복되고 있듯, 이 시 역시 제 1연에서 '가네' 가 세 번 또 제 2연에서 '오네' 가 각각 세 번 반복되고 있다. 바꾸어 말해 소월 시의 '피네' '지네' 가 이 시에서는 '가네' '오네' 로 환치되어 있는 셈이다.

그래서 뭐니뭐니 해도 이 시는 술술 잘 읽히는 장점이 있다. 그리고 시간의 영속적 회기성에서 본 희망성과 긍정성도 마음에 든다. 또 덤이라면 이 시를 통해 이른바 나의 '3의 시학' 을 조금 내비치어 보는 계기도 되고 그 자료가 되어서도 좋다.

끝으로 욕심을 부려본다. 시행의 마침표가 7군데 보이고 있는 것이 좀 걸린다. 시간이 끊임없이 물 흐르듯 술술 가고 오고 하는 그 자연스런 지속성을 고려하면, 그 마침표는 마치 보막이 같아 물론 시를 읽어가는 호흡의 지속성과는 아무 상관없지만 일단 시각적 지속성을 끊고 있다는 느낌만은 준다. 1연과 2연의 제일 끝 행의 마침표와 마지막 종결행의 마침표만 살려두고 다 지워 버렸으면 했다. 거침이 없어야 그야말로 시각적으로도 술술이다.

시적 수사력이 출중한 환경생태시

— 진을주의 〈바다의 생명〉

바다의 생명 _ 진을주

— 휴지처럼 짓밟힌 대천 '98형 내시경

거대한 바다고래가 나자빠져서 벌떡거린다

아스란 등뼈로 멍든 수평선
명사십리 흐늘대는 아랫배

천 길 바다 밑 어디선가에서 암벽의 白化백화로
소라, 성게, 퉁퉁마디가 썩는 줄 모르고
젊음은 예쁜 젖꼭지를 빠는 철없는 고래새끼처럼 뿔뿔거린다

맥주잔 부서진 유리조각 물결

진을주(陳乙洲) _ 전북 고창 출생(1927.10.3.~2011.2.14.). 아호는 자회紫回. 전북대학교 국문학과 졸업. 1949년 「전북일보」에 작품 발표하며 문단 활동 시작. 1963년 『현대문학』에 시 〈부활절도 지나버린 날〉이 추천(김현승)되어 등단. 시집 《가로수》(1966) 《슬픈 눈짓》(1983) 《사두봉 신화》(1987) 《그대의 분홍빛 손톱은》(1990) 《그믐달》(2005) 《호수공원》. 유고집 《송림산 휘파람》 등 상재. 한국자유시인상, 한국문학상 외 수상 다수.

열나흘 달빛을 희롱하다 바닷가에 와그르르 거품으로 밀린다
밤내 만취한 신열

이따금 악물고 일어서는 하얀 이빨
흐놀든 파도소리 날아가
아침 해송에 사운대고

정신없이 헐떡이는 백사장은 백태 낀 혓바닥
정오의 가마솥 불길로 날름거린다

20세기 중반 지구상에서 인간의 생명이 사라진다는 비린내
내 앙가슴으로 꼬옥 안아본다
배꼽 배꼽들

두려움이 타는 아름다운 여름바다

*퉁퉁마디 : 식물성 기름과 단백질이 풍부한 미래 식량인 해초(살리코니아)
*白化 : 공해로 죽어가는 바다의 암벽이 하얗게 변하여 생물을 모조리 죽이는 현상

해설과 심층분석

문학인을 지식인이나 지성인의 범주에 넣고 보면, 사회참여적 입장에서도 환경문화운동에 당연히 동참해야 할 것이다. 고전적 지식인의 모델

이 민주주의의 문제와 노동계급의 문제에 관한 관심을 나타냈다면, 이 시대의 새로운 지식인의 또 다른 한 모델은 이 시대가 맞고 있는 심각한 환경문제에 관심을 갖는 일이다.

그런 의미에서 진을주 시인의 시 〈바다의 생명〉을 택해 보았다. 환경문제를 다루었다고 모두가 좋은 시 또는 대표시가 되는 것은 물론 아니다. 어떻게 시적으로 승화시켰느냐에 따라 옥석은 구별된다. 이 시는 이른바 환경생태시로서 시적 수사력이 출중하기에 뽑아본 것이다.

전체 9연으로 된 이 시의 공간배경은 대천해수욕장이고, 시간배경은 낮→밤→낮으로 이어지며 이동되고 있다.

1연과 2연에서 시인은 여름의 대천해수욕장을 바라보며 "거대한 바다 고래가 나자빠져서 벌떡거린다"며 신음하고 있음을 환상해 본다. 이때의 '고래'는 바다생물종 중에서 최고의 자리에 있는 거대 고래까지도 바다오염으로 죽어가고 있음을 나타내는 그 심각성의 상징이요 비유다.

3연에서는 젊은 남녀 해수욕객이 바다가 오염되어 생물이 죽어가는 줄도 모른 채 여름을 즐기고 있음을 대비시켜 인간들의 무관심을 가볍게 꼬집어보고 있다.

그리고 1연에서 3연까지가 낮의 바다 풍경인데 반해 4연과 5연은 밤풍경으로 바뀐다.

4연에서는 밤바다의 물결을 이미지즘적 비유로 시각화 시켜주고 있는데 '맥주잔 부서진 유리조각 물결'이란 비유가 곧 이 시에서 명구名句급에 해당한다. 이런 바다가 5연에서는 밤내 신열을 앓고 있다고 진단하고 있다.

6연에서는 드디어 시간이 다음날 아침으로 바뀌면서 마치 환자가 밤새 앓다가 아침이면 일어나려 안간힘을 쓰듯 파도의 물결을 "이따금 악물고 일어서는 하얀 이빨"로 비유해 시각화 시키고 있다.

7연에서는 아침에서 정오의 시간으로 바뀜과 동시에 백사장을 '백태 낀 혓바닥' 이라 비유하면서 "가마솥 불길로 날름거린다" 고 역동적으로 시각화 시키고 있다.

8연과 9연에 와서는 드디어 묘사적 바다풍경의 이미저리에서 서술적 이미저리로 바뀌면서 시적 자아의 목소리를 드러내 보인다. 환경위기로 인간생명이 위협받고 있다는 사실에 긍휼의식의 안타까움을 내비쳐 보며 끝 연에서는 '두려움이 타는 아름다운 여름바다' 임을 침통히 감정이입하고 있다.

따라서 이 시는 낮 → 밤 → 낮이란 시간의 추이에 따라 바다의 풍경을 바라보며 생태학적 상상력을 발휘하여 몇 가지 돋보이는 정서적 등가물의 비유들을 적절히 구사하여 이미지즘적 수법으로 시각화 시켜 놓고 있다는 점이 곧 장점이요 특징이다.

품격 높은 깔끔한 은유시로서 한 보기
– 이수화의 〈조각달〉

조각달 _ 이수화

이밤사
눈비 내린 드락에 서니,

아무 그리울 것도 없는
마음밭에
無心天무심천이 어리네.

白雪백설은 저리,
제 몸 헤아리지 않아
生滅생멸이 한 길이련가.

이수화(李秀和) _ 서울 출생(1939~). 고려대학교 국문학과 졸업, 연세대 교육대학원 수료. 1963년 『현대문학』에 장시 〈바람의 노래〉에 이어 〈모창사비곡慕窓史悲曲〉이 추천 완료되어 등단. 시집 《모창사 비곡》《은유집隱喩集》《그윽한 슬픔의 경전經典》《허무제虛無祭》 등 상재. 1962년 건군 기념 연속방송극 〈압록강의 피가 마르기 전에〉 당선으로 국방부장관상 수상. 이후 30여 년간 방송작가로 활동. 시문학상 외 수상 다수.

凌辱능욕 당한
女神여신의 눈썹 하나,

그래, 그녀 눈썹 하나만 겨우
天上천상의 나라에
그리움처럼 떠 있네.

해설과 심층분석

눈 내리는 겨울밤이 배경이 된 시로서 명시편에 속하는 시라면, 우선 김광균 시인의 〈雪夜설야〉가 떠오를 것이다. 여기 소개코자 하는 이수화 시인의 〈조각달〉도 그에 버금갈 만한 시이다. 〈雪夜설야〉의 시배(dominant 또는 controlling) 이미지가 '눈'이고, 그에 나타난 정서가 '슬픔'이라면, 이 시의 경우는 제목처럼 '조각달'이고 그 정서는 생멸의 이법에 대한 '연민' 의식이다.

1연에서 시인은 눈비가 내려있는 뜨락에 서있다.

2연에서는 거의 무념무상의 빈 마음상태에서 무심히 뜨락 풍경을 바라다본다. '눈'이란 원래 삼라만상을 깨끗이 정화시켜 주는데 여기서는 시인의 마음까지 정화시켜 주는 매개체로 나온다. 그래서 눈비 내린 뜨락과 시인의 잡념 없는 순수한 마음상태가 조응의 동일성을 이루고 있다는 뜻에서 "無心天무심천이 어리네"라고 진술한다.

그러나 3연에 와서는 얼어붙어 있는 듯한 뜨락을 보니 어딘가 까닭 없이 서러운 생각도 들고 또 녹아 없어지는 눈을 보니 생멸의 이치가 순간 떠올라 잠시 명상에 잠겨본다.

4연에서는 시인의 시선이 드디어 수평적 시각에서 수직적 시각으로 바뀐다. 밤하늘에 걸려 있는 이지러진 조각달을 쳐다본다. 문득 "凌辱능욕 당한 女神여신의 눈썹 하나"란 비유가 떠오른다.

그리고 5연에서는 4연을 다시 받아 확장된 이미지로 구체화 된다. "그래, 그녀 눈썹 하나만 겨우/ 天上천상의 나라에/ 그리움처럼 떠 있네."라고 마무리 시키고 있다.

그러고 보면 이 시는 의인화 된 달의 생명(女神)이나 물체(눈)의 '있음'에서 '없어짐'을 명상해 보고 있다 하겠다. '눈'이 그렇고 '달'도 만월에서 조각달로 없어져가고 있다는 이치의 확인이다. 이때 '눈'은 없어져 가고 있는 주主 이미지인 '조각달'의 보조 이미지 구실을 하고 있는 셈이다.

이렇듯 삼라만상이 유한적이니 하물며 시인 자신까지 포함한 인간생명의 유한성에까지 생각이 미치다 보면 동병상련 같은 심정에서 곧 없어질 조각달이 가엾지 않을 수 없다. 4연과 5연에서 그런 연민의 기미를 은근히 내비치고 있다.

크게 보면 이 시는 깔끔한 한 편의 격 높은 은유시다. 그 핵심 은유가 바로 4연인데 이 시를 매우 돋보이게 하고 있다. 뿐만 아니라 '이밤사', '어리네', '길이련가', '있네'와 같은 전통적 어사들이 이 시에 흐르고 있는 잔잔한 정태적 심상의 율격과 조화를 이루고 있어 그 맛을 한층 높여주고 있다.

자연 속에서 펼쳐 보이는 천진한 동심의 세계

— 강희근의 〈산에 가서〉

산에 가서 _ 강희근

나이 스물을 넘어 내 오른 산길은
내 키에 몇 자는 넉넉히도 더 자란
솔숲에 나 있었다.

어느 해 여름이던가,
소고삐 쥔 손의 땀만큼 씹어낸 망개 열매
신물이
이 길가 산풀에 취한 내 어린 미소의 보조개에 괴어서,

강희근(姜熙根) _ 경남 산청 출생(1943~). 동국대학교 국문학과 졸업. 동아대 대학원 수료. 문학박사. 1965년 「서울신문」 신춘문예에 시 〈산에 가서〉가 당선되어 등단. 시집 《연기 및 일기》 《풍경초》 《산에 가서》 《화계리》 《우리들의 새벽》 《새벽 통영》 《그러니까》 등 16권과 이론서 《우리 시 짓는 법》 《우리 시문학 연구》 《우리 시의 표정》 《시 읽기의 행복》 등 13권 상재. 조연현문학상, 펜문학상, 김삿갓문학상 외 수상 다수.

해 기운 오후에 이미 하늘 구름에 가
영 안 오는
맘의 한 술잔에 가득 가득히 넘친 때 있었나니.

내려다보아, 매가 도는 허공의 길 멀리에
때 알아, 배 먹은 새댁의 앞치마 두르듯
연기가 산 빛 응달 가장자리에 초가를 덮을 때
또 내려가곤 했던 그 산길은
내 키에 몇 자는 넉넉히도 더 자란
솔숲에 나 있었다.

해설과 심층분석

이 시 〈산에 가서〉는 강희근 시인의 데뷔작이다. 그가 대학 재학 중이던 1965년 1월 1일 서울신문 신춘문예에 당선된 작품이다. 그 당시 시단의 지배적 추세를 감안해 보아 희귀하게도 이 시가 순수 서정시로 당선되었으니, 시단에도 이제는 약간의 변화가 오고 있다는 것을 감지할 수 있었다.

6.25 한국전쟁 이후부터는 주로 시의 소재를 시대상황이나 현실에서 구했던 것이 대세였는데 선자들이 이 시를 당선작으로 고른 배경에는 이제는 우리 시가 보다 자유로운 시세계로 진입했다는 점을 공개적으로 천명해 본 경우라 해석할 수 있다. 다시 말해 리리시즘 자폐현상부터 벗어

나 서정시로도 당당히 공식적인 현상공모에서 당선될 수 있다는 점을 시사한 경우라 할 수 있는 것이다.

한 마디로 이 시는 어린 소년 시절의 '소먹이' 추억과 청순한 미래에의 꿈을 노래하고 있다. 그리고 우선 두 가지 특징을 간단없이 내보여주고 있다. 첫째는 순국어의 맛을 동심의 의식 수준에 맞추어 기량껏 구사하고 있는 점이고, 둘째는 시의 전개과정에서 생동감 있는 이미지(사물)의 현장성을 조형화 하고 있는 점이다. 즉 화자가 가 있는 공간인 산에서 만날 수 있는 사물들과 그로 말미암아 도출될 수 있는 소년적 시적 상상력을 마음껏 펴보이고 있는 점이다.

이를 더 구체적으로 언급해 보자. 순국어의 맛이란 견지에서는 이 시 전체에서 보이고 있는 한자말로는 산, 오후, 초가 세 낱말이 있을 뿐이고, 그 외에는 모두 토박이 말이다. 크게 보면 이 세 가지 한자말도 어른의 입에서건 아이들의 입에서건 거의 토박이말로 굳어져 있다고도 할 수 있는데, 그야말로 순수 토박이말로 스물, 솔숲, 소고삐, 망개 열매, 산풀, 보조개, 괴어서, 기운, 영, 배먹은, 새댁, 산길 등이 곧 그 예다.

이 시에서 시인은 이런 토박이말을 적절히 잘 구사하고 있다. 그리고 시 공간의 현장성을 마치 그림을 그려내듯 살린 경우라면, 야산에 많이 펴져 있는 망개 넝쿨과 그 열매를 비롯해 소고삐나 산풀이 이루어내는 형상은 주어진 장소에 있는 사물로서 이미지군을 형성한다.

그 다음 시의 앵글은 마치 산수화의 원근법처럼 멀리 떨어져 있는 다른 공간으로 그 공간 배경이 확대된다. 해 기운 오후와 하늘 쪽 구름의 연결이나 산빛 응달 가장자리에 있는 초가와 '새댁의 앞치마 두르듯' 한 연기는 현장성의 또 다른 관계망을 형성하고 있다.

이 시는 본인이 어느 글에서 밝혔듯 대학 2학년 겨울방학 때 고향에 내려와 지내는 중 점심을 먹은 후 가벼운 산책 기분으로 지난 소년 시절에 소먹이러 다녔던 동네 뒷산에 올라 지난 시절의 경험을 떠올려보고 있는 작품이다.

그럼 이제부터는 이 시의 전개 구조를 살펴보기로 하자. 시간 구조는 현재－과거－현재라는 순환 구조이며, 맨 앞과 맨 끝 부분이 이른바 수미상관을 이루는 액자형 구조를 차용하고 있다. 그리고 제 1연은 과거 회상을 유도해 내기 위한 이른바 '구성적 동기' 가 되고 있다.

1연 : 나이 스물을 넘어 지난 날 소년시절에 소먹이로 왔던 산에 다시 오르다 (현재)

2연 : 망개 열매를 따서 배불리 씹어 먹었던 추억 (과거)

3연 : 망개를 실껏 따먹고 나서는 떠가는 하늘의 구름을 바라보며 미래에 대한 꿈을 그려보고 끝없는 여러 상상도 해 보았던 추억 (과거)

4연 : 저녁때 소를 몰고 하산했던 이야기 (과거), 그리고 지난 날의 그 숲길에 다시 와 있음의 확인 (현재)

보다시피 여기서 1연과 4연의 맨끝 부분은 현재 산에 오르고 내리는 바깥 액자이고, 2연과 3연 그리고 4연의 맨 앞부분은 이 시의 골격이며 중심이다. 이중 특히 3연에 나오는 "해 기운 오후에 이미 하늘 구름에 가 / 영 안 오는/ 맘의 한 술잔" 이란 표현은 곧 망개를 씹어 먹고 보니 배도 부르고 해서 문득 하늘의 구름을 바라보며 '영 안 오는' 즉 다시 말해 끝이 없는 상상을 펼쳐 보인다는 뜻을 내포하고 있다. 그리고 4연에 나오는 '배 먹은' 이란 표현은 독자들에게 필시 낯설 수 있는 표현이기도 할 것이다. 이는 미당 서정주 시에서 더러 보였던 토속의 사투리인데 그 뜻은 곧 '애를 밴' 이란 뜻이다.

아무튼 이 시인이 쓴 어느 글을 보니 이 시가 바로 그가 가장 아끼는 작품 중의 하나라고 하고 있으며 또 지금껏 쓴 수많은 시 중에서 거의 유일하게 외울 수 있는 시라는 것이다. 동심의 수채화요 동심의 산수화라고나 할까. 동심 속의 세계란 누구에게나 아름다운 추억도 되겠지만 특히 이 시가 신춘 심사에서 '순국어의 능숙한 구사력' 이란 평도 들은 바 있고 또 여기에다 데뷔 처녀작이란 결정적 사연과도 연관이 있어 시인 자신으로 보면 향수와도 같은 많은 애착이 갔으리라 짐작은 된다.

뭐니뭐니 해도 동심은 아름답다. 동심은 천진하고 때 묻지 않은 추억이요 낙원의 이미지다. 이 시가 이런 동심의 세계를 곧 자연을 배경 삼아 펼쳐 보이기에 이 시를 읽는 독자는 누구나 동심으로의 회귀본능을 자극받을 수도 있으리라 본다.

4연 16행으로 된 비교적 짧은 시이지만 서정과 서경이 적절히 어우러져 있는 한 폭의 풍경화요 삽화 같은 아름다운 시이다. 온갖 때가 묻어 있는 어른들의 마음세계에 비하면 동심이야말로 맑고 아름답기에 영국 낭만파 시인 윌리엄 워즈워스가 그의 시 한 구절에서 '어린이는 어른의 아버지' 란 에피그램을 남겨놓지 않았을까도 싶다.

달밤에 본 풍경화 시의 또 다른 맛

— 정민호의 〈달밤〉

달밤 _ 정민호

별들이 땅에 내려와
하얗게 깔려 꿈을 꾸고 있다.
흔들리는 나뭇가지가
땅에 내린 별들을 쓸어 모은다.
벌판에 흩어진 풀벌레 소리가 멎고
긴 밤이 서서히 지나가며
죽은 영혼들의 잠을 흔들어 깨운다.
달빛이 내리는 빈 하늘에는
남국의 실로폰 소리가
가나다 순으로 오르고,

정민호(鄭旼浩) _ 경북 영일 출생(1939~). 아호는 한경자寒卿子. 서라벌 예술대학 문창과 졸업. 1966년 『사상계』 신인문학상에 시 〈이 푸른 강변의 연가〉 외 3편이 당선되어 등단. 시집 《꿈의 경작耕作》 《강변의 연가》 《어둠처럼 내리는 비》 《넉넉한 밤을 위하여》 《새로 태어남의 이유》 《깨어서 자는 잠》 《역사의 강, 역사의 땅》 《신라로 가는 길》 《꽃잎으로 피어나리》 《세월 앞에》 등 상재. 한국문학상, 펜문학상 외 수상 다수.

밤4시 새벽차의 장사長蛇가
달빛을 싣고 서쪽으로 달린다.
선도산仙桃山 그늘에 잠긴 마을들이
서서히 옷깃을 여미며 일어선다.
여명을 찍어내는 이마에는
몇 점의 땀구슬이 맺히고
밤의 작업을 끝낸 사내들이
저 산의 허리춤으로부터 일어서고 있다.

해설과 심층분석

정민호 시인의 시 〈달밤〉은 시의 화자가 새벽이 오는 달밤에 경주 선도산 건너편에 있는 자기 집에서 나와 눈앞에 펼쳐져 있거나 펼쳐지고 있는 밤풍경을 그려주고 있다. 여러 정황으로 보아 계절은 여름이라 추단해 볼 수 있다.

그리고 주로 묘사적 이미저리로 처리되어 있는 이 시에 이름을 붙여본다면 '달밤의 풍경화 시'라 할 수 있다. 미술의 원근법 구도로 되어 있는데 시의 앵글을 가까이에서 차츰 멀리 잡아나가고 있다. 전체 18행 시로서 종지사 '~다'로 끝나는 짜임구조를 문단별로 나누어 보면 6마디가 된다.

첫째 마디(1~2행)는 달빛이 비춰지고 있는 주위의 정태적 분위기 묘사이다.

둘째 마디(3~4행)에서는 첫째 마디와는 사뭇 달리 나뭇가지의 움직임을 동태적으로 이미지화 하고 있다.

셋째 마디(5~7행)에 가서는 시선이 주위에서 벌판으로 옮겨져 삼라만상이 잠에서 깨어나 새벽이 옴을 말해 주고 있다.

넷째 마디(8~12행)에서는 첫째, 둘째, 셋째 마디에 나오는 순수한 자연배경을 바탕으로 깔고 문명화된 인간생활의 한 단면, 즉 달리고 있는 밤기차의 모습이 나온다. 여기서 "달빛이 내리는 빈 하늘에는/ 남국의 실로폰 소리가/ 가나다 순으로 오르고"란 표현이 나오는데 이는 기차가 부드러운 소리를 내며 차츰 멀리서 가까이 옴을 비유해서 표현해 본 수사적 장치이다.

다섯째 마디(13~14행)에 가서는 기찻길 너머 건너편 마을로 시선이 옮겨지고 있는데, 새벽이 오니 사람들이 잠에서 깨어나고 있음을 말해 주고 있다.

여섯째 마디(15~18행)는 곧 이 시의 하이라이트에 해당된다. 이 이전까지가 눈에 보이는 밤풍경이었다면, 여기서는 시인의 상상력이 발휘되고 있다.

새벽잠에서 깨어난 사내들이 잠시 부부의 방사房事를 끝내고 아침을 맞기 위해 기동하고 있다는 내용이다. 이 부분을 단순히 '밤의 작업'이란 말에만 매달리다 보면 자칫 오독할 수도 있다. 즉 공장의 '야간작업' 쯤으로 오해할 수도 있다는 말이다. 그러나 선도산 아래쪽 마을에는 공장이 있을 리 없었고 또 '사내', '허리춤'이란 암시적인 단어사용이 곧 남녀관계를 묵시적으로 끝냈음을 에둘러 말하고 있는 것이다. 우리의 상상력을 최대한 자극해 주고 있어 은은한 감칠맛이 난다.

전체적으로 보아 이 시는 달밤의 풍경을 객관적으로 바라만 보며 화자의 어떤 정서적 반응을 일체 배제하고도 있어 깔끔하고 깨끗한 인상을 주고 있다.

그리고 1행의 "별들이 땅에 내려와" 라든지, 또 2~3행에서 나뭇가지가 "땅에 내린 별들을 쓸어 모은다" 라든지, 또 11행의 "새벽(기)차의 장사長蛇" 그리고 13~14행에서 보이는 마을들이 "옷깃을 여미며 일어선다" 와 같은 비유적 표현도 신선해 보인다.

참고로 이 시인은 풍경시를 쓰는데 특장이 있는 것 같다. 가령 대낮의 강마을 풍경시라 할 수 있는 '하늘이 강가에 내려와 구름처럼 살구꽃이 인다' 로 시작되는 〈살구꽃 피는 강마을 풍경〉이란 시도 그 한 예이다.

젊은 날 고뇌와 욕망, 추상화적 수법의 형상화

— 양왕용의 〈갈라지는 바다〉

갈라지는 바다 _ 양왕용

새벽에 두 손 벌려 다가오는
알몸뚱이
내 침실에 찬물 쏟고
지느러미의 칼날 같은 波動파동에
햇빛으로 부딪쳐 토막난다.
관능의 이 물체들은
때 묻은 자세로 춤추다가
하이얀 해변에서 숨죽인다.
音樂음악과 哲學철학이 難破난파하여

양왕용(梁汪容) _ 경남 남해 출생(1943~). 경북대학교 국어교육과 졸업, 동 대학원 국문학과 수료. 문학박사. 1966년 월간 『시문학』의 3회 추천 완료로 등단. 시집 《갈라지는 바다》 《달빛으로 일어서는 강물》 《여름 밤의 꿈》 《섬 가운데의 바다》 《버리기, 그리고 찾아보기》 《로마로 가는 길에 금정산을 만나다》 등과 이론서 《한국근대시연구》 《정지용시연구》 《현대시교육론》 등 5권 상재, 시문학상(1991), 설송문학상 외 수상 다수.

下部[하부]구조부터 변질한다는
그 海邊[해변]이다.
조각조각 밀려오는 難破物[난파물]들은
모래톱을 지나
해일과 더불어
뭍으로 침범의 기회를 엿본다.
頭蓋骨[두개골] 사이의 腦漿[뇌장]은
변질의 구조를 거역하고
알콜의 공급만 기다리다 지쳐
목이 긴 사슴이다.
바람이 부는 날
腦漿[뇌장]은 사랑으로 침몰된다.
水平線[수평선]이 흐려지면
추상화가들이 몰려와
물감을 自由[자유]로 짓이겨 창작하고
넓은 아트리에에서 커피도 마시며
잠도 잔다.
번쩍이는 叡智[예지]의 눈초리는
이 날에도
갈라지는 바다를 응시하고
낮달이 걸린 가교 위에는
感性[감성]과 知性[지성]이 손잡아
흔들흔들 걷고 있다.

갈라지는 바다는
어두운 그믐밤이라도
태양 아래라도
갈라지는 순간
표정을 잃어버린다.
진실을 잃어버린다.
증오도 희열도……
흔들거리는 가교의 그림자도

— 월간 『시문학』 1965년 7월호

해설과 심층분석

양왕용 시인의 시 〈갈라지는 바다〉는 1966년 7월호 『詩文學시문학』에 제1회 추천작으로 발표된 작품이다. 그는 그 당시 경북대학교 사범대학 국어교육과 3학년에 재학중이었다. 이 잡지는 지금도 계속 발간되는 시전문지 『詩文學시문학』과 자주 혼동되는 이름이지만 문덕수 시인에 의하여 1965년 4월부터 1966년 12월까지 서울 청운출판사에서 발행한 시전문지로 그 당시 추천작 외에도 연구작품이란 제도를 두었다. 연구 작품에 2회 뽑히면 1회 추천작으로 간주해 주는 제도였기에 그 당시의 대학생들이 많이 투고를 하였다. 이 시지를 통하여 시단에 데뷔한 시인으로는 양채영, 홍신선, 오순택, 이상개, 민윤기 등이 있다. 그 외 연구작품을 몇 번 발표한 사람들로 다른 관문을 거쳐 시인이 된 사람은 부지기수이다.

양왕용 시인은 연구작품을 투고한 것이 아니라, 서울서 발행되는 문예지에 처음으로 추천위원이 된 그의 경북대학교 은사이기도 한 김춘수 시인에 의하여 1965년 7월호에 이 작품으로 1회 추천을 받은 후 1966년 1월호에 〈아침에〉, 1966년 7월호에 〈3월의 바람〉이 추천되어 시단에 데뷔하였다. 이 작품은 그가 데뷔한 지 근 10년만인 1975년에 엮은 그의 첫 시집의 제목이 되어 수록되어 있다.

이 작품은 시인의 고향인 남해 해변에서 밀려오는 파도의 모습을 바라다보며 지은 시가 아닐까 싶다. 문득 영국 19세기 시인 매슈 아놀드의 그 유명한 시 〈Dover Beach〉가 생각난다. 그 시가 바다의 밤풍경이 배경이라면, 이 시는 새벽풍경이다. 이 두 시의 시적 화자는 모두 창밖의 바다 풍경을 내다보고 있는데 아놀드가 밀물과 썰물의 만조와 간조 현상을 보며 인간 불행의 철학적 명상을 해보았다면, 이 시는 파도의 몸부림치는 듯한 동적인 모습에서 관능적 욕망의 여러 연상을 분출시키고 있다. 김춘수 시인의 추천사에서도 밝히고 있지만, 내면세계를 분석한 시다. 이 작품은 1960년대 시의 모더니즘 지향성의 대표적 경향인 문덕수, 전봉건, 신동집, 성찬경 등에 닿아 있는 인간의 내면을 분석한 일종의 주지시 경향을 띄고 있다. 그러한 경향은 관념어를 구사하면서도 그것을 구체화시키는 비유들을 자주 등장시키는 경향들이 많았다.

양왕용의 시는 앞에 열거한 기성 시인들의 작품과는 사뭇 다른 점을 가지고 있다. 그의 젊은 날의 고뇌 그것도 관능적인 욕망을 극복하려는 몸부림을 엿볼 수 있는 비유들과 감각적인 이미지들이 군데군데 보이고 있다. 물론 그 가운데는 김춘수 시인이 추천사에서 지적한 "알콜의 공급만 기다리다 지쳐/ 목이 긴 사슴"이라는 충분히 육화되지 못한 비유도 보이고 있다.

그러나 첫 부분에서 "새벽에 두 손 벌려 다가오는/ 알몸뚱이"라는 표현에서 그의 욕망을 참신하게 구체화 시키고 있다. 이렇게 객관화 된 욕망을 사물화 시키면서 자유연상기법으로 새벽의 바다 그것도 바람이 불어 파도치는 모습을 갈라지는 바다로 인식하면서 마치 화가들이 그러한 해변에 와서 추상화를 그리는 작업을 하듯이 관념어 즉 철학, 자유, 예지, 감성, 지성, 진실 등을 비교적 능수능란하게 구사하고 있다.

그의 관념어를 구상화 시키는 솜씨는 그 당시 1회 추천작으로는 예외적인 평가를 받은 사연이 있다. 『시문학』 8월호에 특집으로 마련된 서정주, 박목월, 문덕수, 김우정 등이 참석한 지상좌담회 〈신인작품 경향과 기타〉라는 곳에 언급되었고, 그 해 말 그 당시에 활발하게 비평활동을 한 박철희 교수에 의하여, 『시문학』, 『세대』 지의 연평에 소개되기도 하였다.

이 시는 근 50년 전에 쓰여진 작품이지만 지금 읽어도 현대성 즉 모더니티 지향성을 가지고 있다는 점에서 참신하고 개성적인 작품이라고 볼 수 있다. 그리고 오늘날 하이퍼 시와 같은 모더니즘 경향의 시와는 다른 차원의 초현실주의적 경향 또한 가지고 있다. 뿐만 아니라 20대 초반인 그 당시의 시인의 나이에 이러한 고뇌를 형상화 한다는 것은 산업화로 돌입할려는 1960년대 후반의 자유와 민주주의 지향성으로 인한 대학가의 젊음의 몸부림과도 직간접의 관련이 있다 싶다.

범 생명주의적 따뜻한 관심 돋보여

— 이건청의 〈망초꽃 하나〉

망초꽃 하나 _ 이건청

정신병원 담장 안의 망초들이
마른 꽃을 달고
어둠에 잠긴다.
선 채로 죽어버린 일년생 초본草本
망초잎에 붙은 곤충의 알들이
어둠에 덮여 있다.
발을 묶인 사람들이 잠든
정신병원 뒤뜰엔
깃을 웅크린 새들이 깨어
소리 없이 자리를 옮겨 앉는다.

이건청(李健淸) _ 경기 이천 출생(1942~). 한양대학교 국문학과 졸업. 단국대학교 대학원 수료. 문학박사. 1967년 「한국일보」 신춘문예에 시 〈목선들의 뱃머리〉 입선. 『현대문학』에 시 〈손금〉 〈구시가의 밤〉 〈구약〉 등이 추천 완료되어 등단. 시집 《망초꽃 하나》 《하이에나》 《청동시대를 위하여》 《반구대 암각화 앞에서》 《굴참나무 숲에서》 등 11권과 연구서 《한국전원시 연구》 《문학개론》 등 6권 상재. 현대문학상 외 수상 다수.

윗가지로 윗가지로 옮겨가면서
날이 밝길 기다린다.
망초가 망초끼리
숲을 이룬 담장 안에 와서 울던
풀무치들이 해체된
작은 흔적이 어둠에 섞인다.
모든 문들이 밖으로 잠긴
정신병원에
아름답게 잠든 사람들
아, 풀무치 한 마리 죽이지 않은
그들이 누워 어둠에 잠긴
겨울, 영하의 뜨락
마른 꽃을 단 망초.

해설과 심층분석

이건청 시인의 시 〈망초꽃 하나〉의 오브제는 제목에 나타나 있듯 망초꽃이다. 사실 망초꽃은 들에도 산에도 흔한 꽃이기에 만약 오로지 이 꽃의 생태나 생리 또는 그 인생론적 비유의 사유에서 끝났다고 가정해 보면, 별다른 큰 관심은 불러일으킬 수 없었으리라 본다.

화단에서나 그 어디에서건 대접을 받을 수 있는 귀족스런 장미꽃과는 달리 이 꽃은 별 볼품 없는 꽃이지만 우선 짓밟히면서도 생명력이 강한 질경이꽃이나 민들레꽃 그리고 쇠비름꽃이나 씀바귀꽃처럼 퍽 서민적이기에 그런 이미지 창조에는 기여할 수도 있다. 그러나 너무 흔한 소재라 동음반복적일 수밖에 없는 한계는 있다.

그런데 이 꽃이 다른 곳이 아니라 정신병원의 담장 안에 서 있다는 그 공간설정이 특이해 예사롭지 않다. 병원의 담장 안이라면 물론 장미꽃도 있을 수 있다. 만약 장미꽃과 그런 병원이 정서적으로 대비되었다면 장미꽃의 화려한 생명성과 그곳 환자들의 꺼져가는 생명의 소멸이라는 점에서는 극심한 아이러니를 느낄 수도 있다.

그러나 이 시에서는 보잘것없어 보이는 1년생인 망초꽃과 정신병 환자 사이에는 보이지 않은 공통된 은유의 유사성이 내장되어 있다. 설정된 계절은 영하의 계절이고, 시간은 어둠이 내리는 초저녁에서부터 날이 밝아오는 여명으로 되어 있으며, 공간은 정신병원의 뜨락이다.

여기에 이 시의 주 이미지인 망초꽃이 나오고, 부 이미지로 정신병 환자가 나오며, 곁들여 보조 이미지로 새와 메뚜기과의 곤충인 풀무치가 나온다.

일단 이렇게 설정된 계절과 시간 그리고 공간 설정이 매우 쓸쓸하고 삭막하고 을씨넌스럽다. 여기에 바로 말라 죽어 있는 망초꽃 그리고 죽어 시체가 되어 있는 풀무치도 나온다. 그리고 정신병 환자에 대한 언급도 있다. 이러한 것이 곧 이 시의 주제 형상화를 위한 수사적 장치인 것이다.

그리고 이 시의 구성은 무연시이지만 의미단위로 분절해 보면 일곱 마디가 되는데 즉 7연시로 연가름도 된다. 그럼 이에 준해 구성과 전개 내용을 분석, 정리해 보기로 하겠다.

첫째 마디 : 마른 꽃을 달고 죽어 있는 망초에 대한 서술

둘째 마디 : 망초꽃에 붙어 죽어 있는 곤충알에 대한 언급으로 망초꽃 모습의 부연 설명

셋째 마디 : 발을 묶인 채 잠자고 있는 정신병 환자와 그 병원 뒤뜰에서 잠에서 깨어 미동하고 있는 새들과의 대비 설명

넷째 마디 : 이 새들의 보다 동적인 움직임에 대한 부연 설명

다섯째 마디 : 지난 가을 망초숲에 와서 울던 풀무치들의 죽음

여섯째 마디 : 정신병동에 잠자고 있는 환자들에 대한 언급

일곱째 마디 : 다시 잠자고 있는 환자에 대한 언급, 그리고 영하의 뜨락에 죽은 채 서 있는 망초꽃 언급

상상컨대 이런 시적 현장의 관찰은 전적으로 경험에 의해 쓰여진 것이 아님은 분명하다. 초저녁쯤에 우연히 보게 된 망초꽃이지, 어떻게 자지도 않고 불침번 서듯 여명까지 쭉 관찰할 수 있었겠는가. 우연히 본 이 망초꽃이 뒷날 하나의 시상으로 떠올라 개연성의 상상으로 썼음에는 틀림없다.

그러면 왜 이 시가 좋은 것일까. 적어도 두 가지 이유에서다.

첫째, 망초꽃과 정신병 환자를 거의 대칭식으로 비슷하게 언급해 오다가 결미에서 두 이미지를 결합 내지 통합시킨 점이다. 그만큼 이미지의 효과가 확산되고 있다.

둘째는 시 현장에 나오는 모든 생맹체를 연민과 긍휼의식으로 따뜻하게 바라다보고 있는 점이다. 만약 이 시가 죽어 있는 망초꽃에만 한정되어 있다면 별 큰 감동은 없으리라 본다.

겉으로 드러난 주 이미지는 망초꽃이지만 역으로 뒤집어 해석해 보면 정신병 환자일 수도 있다. 또 망초숲 사이에 죽어 있는 풀무치의 모습은 환자들의 삶과 그 생명의 유한적 소멸성을 간접 설명하는 객관적 상관물

이 되고도 있다.

따라서 이 시에는 시인의 범 생명주의적 관심과 애정이 잘 드러나 있다고 할 수 있다. 죽어가고 있는 듯한 환자들의 삶의 모습, 죽어 있는 망초꽃 그리고 풀무치의 죽음을 바라다보는 시선은 퍽 따뜻하다.

시적 현장에서 보이고 있는 모든 생명체의 유한한 생명성을 연민의 정으로 감싸주고 있다.

우주시대 맞이한 현대판 엑조티시즘의 세계

— 유자효의 〈은하계 통신〉

은하계 통신 _ 유자효

저 세상에서 신호가 왔다.
무수한 전파에 섞여 간헐적으로 이어져 오는 단속음은
분명 이 세상의 것은 아니었다.
그 뜻은 알 수 없으나
까마득히 먼 어느 별에서 보내온
자신의 존재를 알리는 신호였다.
더욱이 이 세상에서 신호를 받고 있을 시각에
신호를 보내는 저 세상의 존재는 이미 없다.
그 신호는 몇 백년, 몇 천년 전에 보낸 것이기 때문이다.

유자효(柳子孝) _ 부산 출생(1947~). 서울대학교 불어과 졸업. 1968년 「신아일보」 신춘문예 시 입선, 「불교신문」 신춘문예 시조 당선으로 등단. 시집 《성 수요일의 저녁》《짧은 사랑》《떠남》《내 영혼은》《지금은 슬퍼할 때》《데이트》《금지된 장난》《아쉬움에 대하여》《성자가 된 개》《여행의 끝》《전철을 타고 히말라야를 넘다》《주머니 속의 여자》《사랑하는 아들아》 등 상재. 정지용문학상, 유심작품상, 한국문학상 외 수상 다수.

결코 만날 수 없는
아득한 거리와 시간을 향하여 보내는 신호.
살아 있는 존재는 어딘가를 향하여 신호를 보낸다.
끊임없이 자신을 알리고자 한다.
그 신호가 영원을 향하고 있을 때
우리는 그것을 신이 보낸 신호라고 믿는다.
신이 살지 않는 땅에서 받는
신들의 간절한 신호
오늘도 저 세상의 주민들은 신호를 보낸다.
몇 백년 뒤, 몇 천년 뒤의 결코 갈 수 없는 세상의 주민들에게……

해설과 심층분석

유자효 시인의 시 〈은하계 통신〉은 은하계의 어느 별에서 보내오는 신호(통신)를 소재로 하고 있다. 그 주제는 우주의 무한성을 배경으로 하여 이 지상에 살고 있는 인간은 물론 은하계 어느 별에 살고 있을 외계인의 생명유한성과 이에 대비되는 신의 영원성을 말해 보고 있는 것이다.

먼저 이 시의 내용을 구체적으로 언급하기 앞서 우리는 이 시의 제목에 나오는 '은하계' 란 말부터 알아볼 필요가 있다.

'은하계' 는 천구(우주)상에 은하수를 형성하는 지구상의 태양계와 같은 무수한 태양계를 거느린 은하를 말한다.

현재 알려진 천문학의 상식으로도 은하계에는 천억개의 은하가 있고 또 그 각 은하 안에는 지구에서 보는 태양과 같은 천억개의 항성이 있다고 한다. 이 '은하계' 는 일단 크게 두 가지로 구분하고 있는데 지구가 속해 있는 태양계를 중심으로 한 은하를 '우리 은하' 라고 부르고 있는데 여기에는 적어도 1000억 개의 별들이 있다 한다.

이런 '우리 은하계' 에서 제일 가까운 거리에 있는 은하계가 바로 우리가 상식적으로 알고 있는 이른바 안드로메다 은하계이다. 이 안드로메다 은하계는 우리 은하계에서도 약 200만 광년이나 떨어져 있다.

그 다음이 '안드로메다 은하계' 처럼 '우리 은하계' 를 벗어나 있는 '은하계' 를 '외계 은하계' 라 하는데 아무튼 그것이 '우리 은하계' 이건 '외계 은하계' 이건 간에 '은하계' 에는 외계인이 존재할 가능성이 있다는 것이 천체 물리학자들의 공통된 견해요, 상상인 것만은 사실이다.

그러면 지금부터는 '은하계' 에 대한 이런 기초 상식을 바탕 삼아 앞에서 잠깐 언급한 바 있는 이 시의 주제를 알아보기로 하겠다. 주제가 직접적으로 나타나 있는 부분이 바로 7행에서부터 17행까지이다.

이 세상에서 우리가 어딘가의 은하계에서 온 신호를 받고 있을 때 그 신호가 바로 몇 백년, 몇 천년 전에 보낸 것이기 때문에 그 신호를 보낸 저 세상의 존재는 이미 없다는 것이고, 반대로 다만 그 신호가 영원으로 향해 지속하고 있을 때를 상정해 보면 우리는 그것을 신이 보낸 신호라고 상상한다는 것이다. 다시 말해 인간과 같은 생명체의 유한성이 신이 살지 않는 이 세상에서 우리는 신을 간절히 찾고 있다는 형이상학적 명상을 해 보고도 있는 셈이다.

그러고 보면 이 시는 우주에 대한 무한한 상상력을 키워줌과 동시에 티끌만도 못한 인간의 존재성이나 한순간에 불과한 인간생명의 유한성 내지 잠시성을 반성케 해 주고 있다 하겠다. 또 한편 살아 있는 존재라면 자기를 남에게 알리고자 하는 본능 내지 본성이 있기 때문에 외부(외계)

로 끊임없이 신호를 보내는데 그것이 이른바 '은하계 통신' 이라는 것이다. 이 말을 다시 뒤집어 보면 우리 인간도 역시 외부나 외계에 우리 존재를 알리기 위해 어떤 형태이건 어떤 신호를 보내고 있다는 뜻도 된다.

나는 이 시를 읽으면서 문득 19세기 낭만주의 시의 특징 하나가 연상되기도 했다. 낭만주의 시인들은 시간적으로는 '먼 과거' 를 동경했고, 공간적으로는 미지의 '먼 곳' 을 동경하는 취향이 있었다. 이를 가리켜 '엑조티시즘(exorticism)' 즉 '이국취미' 라 했는데 적어도 이 시에 나타는 천체 물리학적 상상이나 정서로 보아 이 시는 첨단 과학시대에 걸맞는 우주공간에 대한 또 다른 '엑조티시즘' 을 잘 표현해 보고 있는 경우라 말할 수도 있다.

그리고 이 시를 통해 무한한 우주공간에 비하면 인간은 역시 한 점 먼지나 티끌 아니면 이슬방울 정도에 불과하다는 것을 느낄 수 있다면 요는 이를 통해 자기 파악이나 자기 존재성에 대한 겸손성도 생각해 볼 수 있는 반면교사 역할도 하리라 본다.

불안정한 현재와 앞날에 걸어보는 기대

– 김년균의 〈갈매기〉

갈매기 _ 김년균

나를 버리고, 버려진 몸이
두엄 깊이 묻히다가
갯벌에 고운 씨 뿌리면
갈매기는 찾아와 울까.
무너진 바다, 파도는 드높고
울지 않던 갈매기.
되살아날까, 서른 살 더운 피로
피울음 울어
예감의 천리길에 빛을 주는 이,
갈매기는 마침내 찾아와 울까.

김년균(金年均) _ 전북 김제 출생(1942~). 서라벌예술대학 문창과 졸업. 1972년 『풀과 별』에 시 〈출항〉 〈작업〉 등이 추천 완료되어 등단. 시집 《장마》 《갈매기》 《바다와 아이들》 《사람》 《풀잎은 자라나라》 《아이에서 어른까지》 《사람의 마을》 《나는 예수가 좋다》 《오래된 습관》 《하루》 《그리운 사람》 《숙명》 《자연을 생각하며》 등 상재. 한국현대시인상, 풀소리문학상, 예총문화예술 대상, 윤동주문학상 외 수상 다수.

시간의 눈금은 바다를 열지만
내 가난한 어깨는
조선 말末 향토빛 선달 위에 머문다.
되살아날까, 나를 버리면,
그리하여 소문도 없이
무너진 바다는 잠들고
갯벌엔 고운 씨 돋아날까.
갈매기는 마침내 찾아와 울까.
어둠에 젖은 갈매기.
그러나 보름달만 먹는 갈매기는
울지 않고 오늘도
해안선 깊숙히 날개만 피운다.

해설과 심층분석

김년균 시인의 시 〈갈매기〉는 전체 22행으로 일반 시작품의 평균 길이에 비해 제법 긴 편이다. 자료에 의하면 1975년도에 발표한 것으로 되어 있는데, 여기서 시 내용에서 언급되어 있는 '서른 살 더운 피' 란 구절과 발표 당시의 나이를 대조해 보면, 약간의 차이가 나는 것을 보아 아마도 발표 전에 미리 써둔 작품이거나 아니면 정확한 나이를 무시한 수사적 편의의 나이 설정이라 추측된다.

이 시는 풍경을 배경으로 한 서정시요, 명상시라 할 수 있는데 한 마디로 '서정적 명상시' 나 '명상적 서정시' 라 분류할 수 있다.

시인은 지금 바닷가에 나와 있다. 그리고 여러 생각에 휩싸여 있다. 바다를 바라다보며 현재의 자기 존재성이나 미래의 정체성을 생각해 보며 그것을 풍경화적 기법으로 풀어내 보이고 있다.

이 시에 나오는 '서른 살' 이란 나이는 바로 중년의 초입 나이다. 이 나이라면 누구나 한 번쯤은 자기의 현재 입장이나 더 나아가 멀거나 가까운 앞날의 인생을 생각해 볼 나이다. 역시 이 시인도 이런 점을 생각해 보고 있다 하겠다.

그리고 이 시의 특징적 문체는 의념형의 서술체이다. 4행 째의 '갈매기는 찾아와 울까', 7행 째의 '되살아날까', 10행 째의 '갈매기는 마침내 찾아올까', 14행 째의 '되살아날까', 17행 째의 '갯벌엔 고운 씨 돋아날까', 18행 째의 '갈매기는 마침내 찾아와 울까' 에서 보듯, 어떤 일의 가능성 여부에 대한 반복적 의문이 제시되어 있다. 이런 의념형 서술은 이 시의 잔잔한 서정적 톤을 형성하는데 크게 이바지하고 있다.

이 의념이 곧 바다를 바라다보며 펼쳐 보이는 시적 화자의 핵심적 명상인 셈인데 결국은 두 가지 일에 귀착된다. '갈매기는 찾아와 울까' 와 '갯벌엔 고운 씨 돋아날까' 이다. 이는 상상으로 생각해 보는 상징적 비유로 현재나 미래의 인생에 대한 포괄적 함축의 희망사항이기도 한데 물론 더 큰 무게는 제목이 말하듯 갈매기에 실려 있다.

그렇다면 과연 '고운 씨' 는 무엇이며, '갈매기' 는 도대체 무어란 말일까. 그것은 앞으로의 자기 인생에 대한 은유다. '고운 씨' 란 말하자면 인생이란 텃밭에 싹이 나 미래가 활짝 열렸으면 하는 바람이요, '갈매기' 는 9행에서 '예감의 천리길에 빛을 주는 이' 라 하고 있으니 미래에 행운을 가져다줄 은유 쯤으로 해석할 수 있다.

그런데 그 갈매기는 지금 자기에게로 찾아와 울지 않고 있는 상황이다. 그래서 시인은 나를 버린 자기 희생 정신으로 살고 보면 갈매기가 찾아와 울까, 또 아니면 "서른 살 더운 피로/ 피울음 울" 면 "마침내 찾아와 울까" 라고 상상을 해 보기도 하고 또 '나를 버리면' '갯벌엔 고운 씨 돋아날까' 라고 상상도 해 본다.

그런데 끝부분에 가서는 이런 상상에서 현재로 돌아와 본다. 문득 눈을 들고 바다를 바라다보니 어둠이 내리고 있고, "보름달만 먹는 갈매기는/ 울지 않고" 해안선 깊숙히서 날고만 있더라는 것이다. 여기서 '보름달만 먹는 갈매기' 는 은유다. 큰 꿈을 갖고 있는 객관적 상관물이다. 그 갈매기가 희소식처럼 울어주어야 할 텐데 울지 않고 있다는 여기에 현실과 희망의 꿈 사이에는 아직 괴리가 있다는 점을 말해 주는 있는 것이다.

아무튼 이런 풍경 묘사를 통해 시인은 불안정한 현재나 불확실한 미래에 대한 허허로움이나 쓸쓸한 심사를 표백하며 마무리 짓고 있다.

단적으로 이런 시 내용의 유효성이나 유익성이라면 뭐니해도 자기관조나 자기성찰의 좋은 계기가 된다고 본다. 물론 독자들에게도 간접이나마 그 유효성이나 유익성이 있다. 그리고 30 나이에 쓴 이 시를 그로부터 40년이 훨씬 지난 지금, 이 시를 이 시인이 다시 한 번 접해 보면 그 감회가 새롭고 또 그때와 오늘이란 세월의 흐름과 그 간극에서 여러 가지 회포도 떠오르리라 본다.

다섯째 마당

부록을 달며

- 윤동주 시 〈十字架십자가〉 해석을 논박함
- 오류 해석 많은 정지용 시의 현주소 _ 정지용의 시 〈향수鄕愁〉의 경우
- 명시의 조건은 과연 무엇인가?

윤동주 시 〈十字架십자가〉 해석을 논박함

1. 문제제기의 이유

윤동주 시 중에서 가장 많이 알려진 작품을 들라면 〈十字架십자가〉 〈自畵像자화상〉 〈序詩서시〉일 것이다. 그 다음에 〈쉽게 쓰여진 시〉 〈별 헤는 밤〉 〈또 다른 고향〉 〈懺悔錄참회록〉이 되리라 본다. 특히 〈十字架십자가〉 〈自畵像자화상〉 〈序詩서시〉는 이른바 그의 3대 명시라고도 말할 수 있기에 한국명시선이나 학교 교과서 등등에 거의 빠짐없이 나오고 있는 단골 메뉴이다.

그런 만큼 이런 시를 과연 어떻게 해석해 왔고, 해석하고 있느냐 하는 문제는 감상이나 문학교육의 차원에서 큰 관심사가 아닐 수 없다. 혹여 잘못된 해석이 있다면 반드시 바로 잡아야 할 것이다.

근래에 필자는 인터넷 '지식정보' 창에 들어가 이것저것 점검해 보다 우연히 윤동주 시 해설 몇 가지를 보게 되었는데 곧바로 〈十字架십자가〉 해석에 문제가 있다는 것을 발견했다. 당황스런 마음에서 내가 가지고 있는 해설용 명시선과 일부의 윤동주론을 다시 점검해 보았다. 하나같이 잘못된 해석이 판에 박은 듯 재생산되고 있다.

그 문제의 해석 부분이 바로 '괴로왔든 사나이' (원본 그대로)와 '행복

윤동주(尹東柱) _ 북간도 동명촌東明村 출생(1917.12.30~1945.2.16). 아명은 해환海煥. 연희전문학교 문과 졸업. 1939년 연희전문 2학년 재학 중에 『소년』지에 작품 발표하며 등단. 일본 릿쿄立教대학, 도시샤同志社대학 수학. 1943년 여름방학 때 귀국 직전 독립운동가로 체포되어 2년형을 언도받고 후쿠오카 형무소에서 복역 중 옥사. 일제의 관헌에게 고문당한 뒤 사망한 것으로 추찰. 유고시집 《하늘과 바람과 별과 시》(1948)가 있다.

한 예수 · 그리스도' 를 동일인으로 보고 있다는 사실이다. 동일인이 아닌 것이 마치 동일인인 양 앞질러 널리 유통되고 있다면, 적어도 이 시를 보는 나의 견지에서는 그것은 마치 불환지폐가 태환지폐를 대신하는 형국이고 또 가짜 불량상품이 정상품을 압도하고 있는 것과 다름없으니 이에 문제제기를 아니할 수 없는 것이다.

2. 문제 부분의 두 관점

지금까지 발표된 윤동주에 관한 연구나 평론은 너무나 많다. 한용운, 이상화, 이육사와 더불어 단연 수위급에 속한다. 웬만한 일선 평론가치고 또 웬만한 현대시 담당 교수치고, 그를 언급해 보거나 논해 보지 않았던 사람은 거의 없을 정도다.

그에 관한 본격적인 접근은 1950년대의 고석규를 필두로 하여, 1660년대에 이상비, 최홍규, 이유식, 김열규, 김종길, 김상선 등에 의해 시도되었고, 이어 1970년대에는 김현자, 이건청, 정현종, 백승철, 김인환, 김윤식, 김홍규, 박진환, 홍기삼, 김용직, 정한모, 오세영, 김우종, 임헌영, 김우창, 신동욱 등에 의해 가히 봇물을 만난 듯 쏟아져 나와 더러는 재해석이나 보충 · 보완되기도 했다. 그 다음, 1980년대부터 오늘에 이르기까지 발표된 논문이나 평론은 크게 보아 1960년대나 1970년대의 그 연장선상의 반복이거나 그 짜깁기라 보아 무방하다.

그런데 내가 이 글을 꼭 써봐야겠다고 생각하게 된 직접적인 충동은 나 자신이 윤동주 연구사나 비평사의 그 초창기에 윤동주론을 써 보았고 또 그 글에서 문제의 〈十字架십자가〉란 시를 다루어 보았기 때문이다. 1963년도 『현대문학』지 10월호에 발표된 〈아웃사이더적 인간상〉이란 제목의 평론에서이다. 그 당시 발표되는 평론으로서는 제법 긴 편에 속했는데 200자 원고지로 약 80~90매 분량이었고, 또 윤동주론으로서는 최초의

긴 글이었다.

이 글에서 나는 윤동주 시의 여러 특징을 통해 이것이 바로 이 계통의 최초의 접근이 되겠구나 생각하며 그의 내면세계를 살펴보았는데, 이 중 '아웃사이더의 자세' 란 항에서 바로 문제가 되고 있는 〈十字架십자가〉란 시를 그 예증 중의 하나로 인용해 가며 설명해 보았다.

거기서 나는 4연 1행과 2행 즉 '괴로왔든 사나이' 와 '행복한 예수 · 그리스도' 가 동일인이 아니라 다른 사람으로서 '괴로왔든 사나이' 를 윤동주 자신이라고 보았던 것이다. 그리고 이러한 관점이나 해석은 그 후 상당기간 공감대가 형성되어 유효성을 얻었고, 지금도 일부에서는 긍정적으로 수용하고 있다.

그런데 문제의 발단은 1970년대의 몇몇 평론에서 새로운 관점 같은 다른 해석이 나오자 그만 그 시와 관련 있는 일부의 어떤 글, 어떤 해설에서 마치 전염병처럼 받아들여졌고, 지금도 받아들이고 있다. 그 필자들이 대부분 유력한 대학의 교수인지라 특히 시험과 연관 있는 문학교육 현장에서는 그 전파력이 불을 보는 듯했다. '괴로왔든 사나이' 와 '행복한 예수 · 그리스도' 를 동일인으로 보아 소가 웃을 일이지만 심지어 그 수사적 기법까지 논하고 있다. 예수 · 그리스도는 '괴로왔든 사나이' 였지만 인류의 죄와 구원을 위해 십자가에 못 박혀 희생되었기 때문에 역설적으로 행복했다는 것이다.

이것이 바로 결정적인 큰 오류이다.

3. 동일인이 아닌 이유

먼저 2004년도 연세대학교 출판부에서 나온 《하늘과 바람과 별과 詩시》(원본대조 윤동주 전집)에 수록되어 있는 원본을 소개해 두는 것이 순서일 상 싶다.

쫓아오던 햇빛인데
지금 敎會堂[교회당] 꼭대기
十字架[십자가]에 걸리였습니다.

尖塔[첨탑]이 저렇게도 높은데
어떻게 올라갈 수 있을가요.

鐘[종]소리도 들려오지 않는데
휫파람이나 불며 서성거리다가,

괴로왔든 사나이,
幸福[행복]한 예수 · 그리스도에게
처럼
十字架[십자가]가 許諾[허락]된다면

목아지를 드리우고
꽃처럼 피어나는 피를
어두어가는 하늘밑에
조용히 흘리겠읍니다.

이 시는 너무나 많이 알려져 있기에 구태여 구차스런 해설은 필요치 않을 것이다. 대신 이 글의 진행을 위해 주제와 구성법만은 간단히 언급해 두기로 하겠다. 주제는 민족고난을 짊어져 보고자 하는 자기희생의 다짐이고, 구성면을 보면 1연과 2연은 교회당 꼭대기 첨탑 위에 걸려 있는 '햇빛' (민족광복)에 대한 동경, 3연은 현실(주어진 상황)에 뛰어들지 못하고 배회만 하고 있는 망설임, 4연은 예수를 모델로 해 생각해 본 희생양 실천(행동)에 대한 부러움, 5연은 민족구원을 위한 자기희생의 결의 표백이다.

여기서 문제가 되고 있는 것이 바로 4연 해석이다. 동일인이 아니라 '괴로왔든 사나이' 인 시인 자신과 '행복한 예수' 가 대비되어 있다는 사실이다. 그런데 동일인이란 해석의 문제 발단은 아마도 '괴로왔든 사나이' 란 표현이 과거형으로 되어 있기에 역시 과거의 인물인 예수와 동일시해 버린 데서 연유되었으리라고 추측해 볼 수 있다. 만약 그것이 '괴로운 사나이' 라고 현재형으로 되었거나 또 아니면 이에다가 '행복한' 까지 '행복했던' 으로 되었다면, 시인 자신과 예수는 별개의 인물이란 점이 명명백백해져 이런 문제의 불씨는 아예 없었으리라 쉽게 가상해 볼 수도 있는 것이다.

그러면 이제부터는 문제의 핵심으로 들어가 동일인이 아니라는 반증을 하나하나 들어보기로 하겠다.

첫째, 민족광복의 상징일 수도 있는 '햇빛' 이 교회당 첨탑 위 십자가에 걸리어 있는데, 그것을 쟁취하기 위해 감히 행동할 수 없고 또 그러다 보니 아웃사이더로서 상황 밖에서 무위롭게 휘파람이나 불며 서성거리다 보니, 행동의 양심과 자기의 나약함 사이에서 강한 갈등이 생겨 마음이 무척 괴롭고 괴로웠다. 3연 끝행 즉 '휘파람이나 불며 서성거리다가' 에 쉼표(,)가 찍혀 있다는 사실에 유의해 볼 필요가 있다. 원래 쉼표란 생각이나 사고의 진행을 잠시 휴지시켜 주며 시간경과를 암시도 하는 만큼 노상 현재의 상황에 뛰어들지 못하고 서성거리고만 있다 보니 괴로울 수밖에 없었다 하겠다.

그러자 문득 예수 · 그리스도가 떠오르자 용감하게도 행동실천을 못하는 불행한 자기를 '괴로왔든 사나이' 라고 낮추면서 반대로 직접 행동으로 희생양이 된 예수를 '행복한' 사람으로 보며, 자기에게도 허락만 된다면 기꺼이 그 길을 택해 보겠다는 다짐을 해 보고 있는 것이다.

둘째, 윤동주는 자기 자신을 객체화 내지 객관화 시켜 '나'라는 표현 대신 '젊은이'이나 아니면 '사나이'로 바꾸어 표현하는 관습이 더러 있다는 사실이다.

1937년도 작인 〈悲哀비애〉의 끝연에서 자기심정을 "아― 이 젊은이는/ 피라미드처럼 슬프구나"라고 하고 있으며 또 산문 〈별똥 떨어진 데〉(작품연도 없음)를 보면 "이 육중한 기류 가운데 자조하는 한 젊은이가 있다. 그를 나라고 불러두자."라고 객체화 시키고 있다.

그리고 1938년도 작인 〈가로수〉 끝연에서는 '젊은이' 대신 자기를 '사나이'로 지칭하고 있으며, 또 동년 작으로 되어 있는 산문 〈달을 쏘다〉에는 '서러운 사나이'로 보기도 했고, 1939년도 작인 〈自畵像자화상〉에서는 익히 알다시피 '사나이'란 표현이 무려 7번이나 반복되고 있다. 이뿐이 아니다. 1940년도 작인 〈慰勞위로〉에서도 역시 자기를 '젊은 사나이' '이 사나이'로 객체화 시켰다.

따라서 '젊은이'나 '사나이'란 자기 객체화의 이런 습관은 역시 1941도 작인 〈十字架십자가〉에서도 그대로 나타났다고 확언할 수 있다. 말하자면 개연성의 논리다.

셋째, 윤동주는 독실한 기독교 집안 출신으로 독실한 기독교인이었다. 그리고 자기 삶에 늘 부끄러움을 느끼고 있었던 그 겸손성을 미루어 보아 예수는 그에겐 가히 초월적, 신적 존재로 느껴졌으리라 본다. 더욱이나 단순히 그 흔한 이름으로서 '예수'가 아니라 '예수 · 그리스도'란 극존칭을 쓰고 있는 그 심상적 정황으로 보아 25살의 새파란 젊은 청년시인으로서 감히 불경스럽게도 예수를 '괴로왔든 사나이'라고 표현할 리는 없다.

넷째, 인용한 원본을 보면 '괴로왔든 사나이' 에 쉼표(,)가 있다는 사실에 주목할 필요가 있다. 수 많은 이본(異本)이 나오면서 어느 사이에 쉼표가 그만 없어진 경우가 많다.

대체로 동일인을 나타내는 동격일 경우라면 쉼표를 찍지 않는 것이 관례다. 쉼표가 있다는 것은 곧 다음 행의 '행복한 예수 · 그리스도' 와 구별의 간격을 두고 보자는 휴지(休止)의 의도라 할 수 있다. 그래서 4연과 5연을 자연스러운 문맥 흐름에 따라 일단 일반 산문으로 풀어 써 본다면 두 가지 문장이 가능해진다. "괴로왔든 사나이인 나에게도 행복한 예수 · 그리스도에게서처럼 십자가가 허락된다면 …(중략)… 조용히 흘리겠습니다."가 그 하나이다. 다른 하나는 '괴로왔든 사나이' 가 주어가 되어 '흘리겠습니다' 로 끝나는 형태다. 이를 시로 압축시키려다 보니 '~에게도' 이나 '~는' 이란 조사 대신 곧 바로 쉼표 처리를 해 버린 것이다. 그러니 동일인이 될 수 없다는 논리다.

또 한 가지 더 달리 생각해 볼 수 있는 것은 1939년도 작인 〈少年소년〉이란 시에서 동격을 표시하기 위해 "사랑하는 슬픈 얼굴— 아름다운 순이의 얼굴" 이라며 줄표(—)를 썼던 점을 상기해 볼 필요도 있다. 이런 문장부호 넣기 관행으로 미루어 볼 때 '괴로왔든 사나이' 와 '행복한 예수 · 그리스도' 를 동일인으로 보았다면, 아예 쉼표가 없거나 아니면 줄표라도 있어야 마땅하다. 그런데 쉼표가 나보란 듯이 버티고 있으니 이를 과연 어떻게 설명할 수 있을까.

다섯째, 다소 견강부회란 느낌은 있지만 산문문장의 논리로 보아 예수를 한때 '괴로왔든 사나이' 로 보고 또 그렇게 표현했다면, 바로 뒤에 나오는 수식어 '행복한' 도 당연히 '행복했던' 이 되어야 이치에 맞다. 그렇지 않으니 별개 인물의 설정이라고 추리해 볼 수도 있다.

여섯째, '괴로왔든 사나이' 와 '행복한 예수 · 그리스도' 를 동일 인물로 본다면, 이 시에서는 이른바 시적 자아가 과연 누구인지 불분명해진다. 물론 이 시의 화자는 시인 자신이 화자로서 작품의 이면에 숨어 말하고 있는 '함축적 자아' 라고 해석할 수도 있는 가능성은 있다. 그러나 마치 나르시스처럼 자기 존재성이나 정체성을 두고 늘 깊이 생각하고 있는 시인의 자기애적인 자성적인 체질성을 보아 그의 시 곳곳에 나오는 시적 자아인 '나' 를 대신해 보는 객체로서 '사나이' 를 폐기처분할 리가 없다.

일곱째, '문체는 인간이다' 라는 말이 있듯 윤동주의 성격이나 또 그의 시집에 나타나 있는 수사상의 취향으로 보아 '괴로왔든 사나이' 를 금세 대칭해서 '행복한' 사람으로 바꾸는 전환적 역설을 구사할 가능성은 희박하다. 더욱이나 여러 작품에서 자기를 '괴로워' 하거나 '괴로운 사람' 으로 보지 않았던가. 〈거리에서〉(1935)에서는 걷고 있는 거리가 '괴롬의 거리' 로 비춰졌고, 〈산골물〉(1939)에서는 자기를 스스로 '괴로운 사람아 괴로운 사람아' 라고 탄식적으로 영탄해 보고 있으며, 〈十字架십자가〉를 5월에 쓰고, 바로 약 6개월 후인 같은 해 11월에 쓴 너무나도 유명한 〈序詩서시〉에서는 '잎새에 이는 바람에도/ 나는 괴로워 했다' 고 고백하고 있다. 그런가 하면 그 다음해의 〈흰 그림자〉(1942)에서는 '괴로운 수 많은 나' 임을 자가진단도 하고 있다.

그러니 〈十字架십자가〉가 쓰여진 시기, 그 이전과 이후 작품에 나타난 '괴롭다' 는 말의 사용 빈도수를 참고해 보아 〈十字架십자가〉에서 자기를 '괴로왔든 사나이' 로 표현해 본 것은 시인의 표현 관행으로 보아 너무나 자연스러운 귀결이었다 하겠다.

여덟째, 이 시를 쓸 당시 시인은 이런 논란이 있으리라고는 예상치 못했겠지만, 미리 예상이라도 했다면 4연의 첫 행에 나오는 '괴로왔든 사나이' 를 3연 끝에다 배치할 수도 있었을 것이다. 그랬다면 동일인이 아니라는 점은 명명백백하다.

그런데 짐작컨대 같은 연인 4연에다 '괴로왔든 사나이'와 '행복한 예수'를 나란히 배치해 본 시인의 의도는 대비의 효과를 예각화 시켜 보자는 의도이다. 동시에 의미단위의 문맥 흐름으로 보아 4연과 5연이 한 문장인 만큼 '괴로왔든 사나이'가 주체(주어)가 되어 어떤 행위의 전체를 지배시키려 한 의도였다고 짐작이 된다. 만약, '괴로왔든 사나이'를 3연에다 배치했다면 화자인 주체자가 문맥적 행위의 현장과는 너무 동떨어져 있다는 우려의 배려가 있었지 않았나 싶다.

4. 맺는 말을 남기며

나는 이 글을 쓰면서 물론 성경 해석상의 오류가 아니고 번역상의 오류이긴 하지만, 마태복음 19장 24절과 마가복음 10장 25절에 나오는 그 유명한 구절 "낙타가 바늘귀를 통과하는 것이 부자가 하늘나라에 들어가는 것보다 쉽다"라는 말이 문득 떠올랐다. 일반화 된 통용비유가 연구가들에 의해 결국 오류 번역 부분이 있다는 것이 증명되었다.

성경사본 중 아랍어 사본을 보면 '밧줄' 즉 gamta로 나와 있는데 번역과정에서 이를 그만 '낙타' 즉 gamla로 잘못 보았고, 또 가장 오래된 헬라어(희랍어) 고사본을 보더라도 '밧줄' 즉 kamilos로 되어 있는데 실수로 '낙타' 즉 kamelos로 보았다는 것이다. 아랍어 철자에서는 't'를 'l'로 잘못 본 셈이고, 헬라어 철자에서는 'i'를 'e'로 잘못 보아 '밧줄'이 그만 '낙타'로 둔갑되어 사람들의 입에 항상 오르내렸다는 것이다.

연상작용에 의한 언어의 친화성의 결합원리로 보아 '바늘귀'에 '낙타'가 연상되기보다는 실보다는 수백 배나 굵은 '밧줄'이 나온다는 것이 훨씬 더 자연스러운 일이다. 물론 이에 대한 반론도 없진 않았다.

결국 나의 바람도 성경의 오류가 이처럼 바로 잡히듯이, 노파심에서인지 모르겠지만 이 글로 인해 잘못된 해석이 하루 속히 바로 잡혀졌으면 하는 마음이다.

불란서 속담에 '빠뉘르쥬의 羊양떼' 란 말이 있다. 영문 모르고 무조건 남의 뒤를 따르는 사람을 말한다. 이 속담이 나오게 된 배경이 아주 재미있어 덤으로라도 소개해 볼 만하다. 16세기 불란서 작가 라블레(라브레르)의 작품《빵따그뤼엘르》제3권의 한 대목에서 유래된 말이다.

빠뉘르쥬라는 이름의 건달이 거인 빵따그뤼엘르라는 사람의 부하가 되어 항해하던 중, 하도 심심해서 장난을 친다. 동승한 양羊 상인을 좀 골려 보자는 속셈이었다. 두 사람 사이에 홍정의 열띤 설왕설래가 있은 다음, 그래 어디 맛 좀 보라는 식의 계략을 하나 생각해 내어 그 중 제일 크고 힘이 센 양 두 마리를 엄청난 값을 쳐주고 산다. 일부러 품에 안아본 그 양이 놀라 시끄럽게 울어대니 다른 양들도 따라 울며 한바탕 소동이 벌어진다.

그러자 빠뉘르쥬는 이때다 싶어 그만 그 양을 바다 속으로 던져 넣었다. 웬걸 그 뒤를 따르던 양떼가 하나같이 바다로 풍덩풍덩 뛰어 들어갔다. 깜짝 놀란 주인은 혼비백산하여 발만 동동 구르다가 결국 마지막 남은 양 한 마리를 부둥켜안은 채 그만 바다로 떨어지고 만다. 이 우화 같은 대목에서 유래된 속담이 곧 바로 '빠뉘르쥬의 양떼' 인 것이다.

여기서 내가 일부러 이 속담을 인유해 보는 의도는 벌써 짐작은 되었겠지만 〈十字架십자가〉의 잘못된 해석이 앞으로 잘못으로 판명이 되고, 판정이 나더라도 노상 잘못된 해석을 계속 정설로 받아들일까 보아 내 나름의 노파심에서 그 타산지석의 교훈도 겸해 소개해 보는 것이다.

※ 본문 중 논박 여덟 번째는 발표 이후에 보충해 본 것임.

『월간문학』(2009년 4월호)

오류 해석 많은 정지용 시의 현주소
– 정지용의 시 〈향수鄕愁〉의 경우

향수 _ 정지용

넓은 들 동쪽 끝으로
옛이야기 지즐대는 실개천이 회回돌아나가고,
얼룩백이 황소가
해설피 금빛 게으른 울음을 우는 곳,

—그곳이 참하 꿈엔들 잊힐리야.

질화로에 재가 식어지면
뷔인 밭에 밤바람 소리 말을 달리고,
엷은 조름에 겨운 늙으신 아버지가
짚벼개를 돋아 고이시는 곳,

정지용(鄭芝溶) _ 충북 옥천 출생(1902.6.20.~1950.9.25). 아명 지룡池龍. 휘문고보 졸업(1922). 휘문고보 교비생으로 일본 교토京都 도시샤同志社 대학 영문과 졸업. 귀국 후 휘문고보에서 교편생활. 1926년 6월 『학조學潮』 창간호에 시 〈카페 프란스〉 등 9편을 발표하며 등단. '시문학' 동인으로서 박용철, 김영랑, 변영로, 정인보 등과 활동(1930~1931). 시집 《정지용시집》(1935) 《백록담白鹿潭》(1941) 《정지용전집》(1988) 등 상재.

—그곳이 참하 꿈엔들 잊힐리야.

흙에서 자란 내 마음
파아란 하늘 빛이 그립어
함부로 쏜 화살을 찾으려
풀섶 이슬에 함추름 휘적시든 곳,

—그 곳이 참하 꿈엔들 잊힐리야.

전설傳說 바다에 춤추는 밤물결같은
검은 귀밑머리 날리는 어린 누이와
아무렇치도 않고 예쁠 것도 없는
사철 발벗은 안해가
따가운 해ㅅ살을 등에 지고 이삭 줍던 곳,

—그곳이 참하 꿈엔들 잊힐리야.

하늘에는 석근 별
알 수도 없는 모래성으로 발을 옮기고,
서리가마귀 우지짖고 지나가는 초라한 지붕,
흐릿한 불빛에 돌아앉어 도란도란거리는 곳,

—그곳이 참하 꿈엔들 잊힐리야.

(철자법은 원문 그대로를 일부 사용해 보았음)

해설과 심층분석

너무나도 잘 알려진 정지용의 〈향수〉를 구태여 여기서 소개할 필요가 있을까 하는 독자들도 분명 있을 것이다. 맞는 말이다. 일찍부터 명시로서 또 노래로서도 널리 알려지게 되어 누구나 최소 몇 줄쯤은 쉽게 읊조릴 수 있는 시가 바로 이 〈향수〉이다.

그런데 이 시와 관련해 심각한 문제가 있는 것을 발견했다. 근래에 어떤 자료를 찾아보기 위해 인터넷에 들어갔다가 우연히 정지용의 〈향수〉를 쳐봤다. 블로그, 웹문서, 지식in, 카페 등에 수많은 관련 글이 올라와 있는데 주로 시해설이나 해석이었다. 학교에서 배웠거나 아니면 시 해설집이나 수험용 참고서에서 따온 글이라 본다. 바로 여기에 문제가 있었다. 곳곳에 오류 해석이 판에 박은 듯 보이고 있는가 하면 전혀 사실이 아닌 사실로 해설을 해놓고 있는 곳도 두어 군데 보이고 있었다.

먼저 제1연에 나오는 '해설피' 란 단어풀이부터 보자. 열중에 아홉은 '느리고 슬픈 소리로' '느리고 어설프게' '소리가 느릿하면서도 길게 약간 슬픈 듯한' 등으로 나와 있다. 이런 해석이 과연 어디서 어떤 근거로 나왔는지 나로서는 도저히 알 수가 없다. 만약 '해설피' 가 사실 이 시의 문맥상의 정황으로 보아 그런 분위기 조성의 시어 사용이라면 바로 그 뒤에 또 겹으로 '게으른' 이란 유사한 뜻의 시어를 구태여 사용할 필요는 없는 일이 아닌가. 요는 그 뜻이 다름 아닌 '석양볕에' '저녁 해나 햇빛이 어둑어둑하여' 라는 사실이다. 앞뒤 문맥으로 보아 확대・의역해 보면 때매김 부사로서 '해질 무렵' '석양녘에' 도 가능하다. 이는 '해설핏해서' 의 준말로서 정지용의 고향 옥천에서 자주 쓰인 말이다. 참고로 내 고향 서부경남 지방에서도 쓰였던 기억이 난다. "얼룩백이 황소가/ 해설피 금빛 게으른 울음을 우는 곳" 을 잘 음미해 보면 곧바로 어떤 시간대를 지칭하고 있다는 해석이 나온다. 뿐만 아니라 2연에서 5연까지를 보면 분명 꼭 연마다 시간대를 지칭할 수 있는 말이 빠짐없이 나오고 있음을 확인할 수 있다. 2연—밤, 3연—아침나절, 4연—한낮, 5연—저녁녘으로 되어 있는 것만 보아도 1연의 '해설피' 란 단어의 뜻이 '석양녘' 이지, 소리와 관계 있는 부사가 아님은 명명백백하다. 따라서 '얼룩백이 황소' 의 '황금빛', '해설피' 석양녘의 '황금빛', 공감각으로 처리된 '금빛 게으른 울음' 의 '황금빛' 은 서로 시청각적으로 3박자가 맞아 떨어져 절묘한 조화를 이루어 한 폭의 황금빛 그림이 쉽게 영상화 된다.

다음은 5연에 나오는 '서리까마귀' 에 대한 풀이이다. 그나마 이 풀이는 십중팔구가 옳게 풀이해 놓고 있으니 천만다행이고, 또 '해설피' 에 비한다면 좀 안심은 된다. '가을 까마귀' '서리가 내릴 무렵에 떼지어 다니는 까마귀' 등으로 되어 있다. 그런데 이게 또 웬 일인가. '갈가마귀' 로 풀이해 놓은 곳도 있다. 모 국립대학 교수의 잘못된 해설을 멋모르고 차용해 온 결과다.

다음은 1연에 나오는 '얼룩백이 황소' 에 관한 것이다. 지레짐작으로 수소 '젖소' 라고 해놓고 있다. 정답은 우리의 토종소인 '칡소' 이다. 칡소는 일제하에 강원도와 충청도 지방에서 유독 많이 길렀다 한다. 가까이서 보면 누런 무늬와 칡색 무늬가 줄무늬 모양으로 번갈아서 나타난다. 조금 떨어져서 보면 전체가 칡뿌리 색깔로 보인다 하여 '칡소' 라 불렀다. 이 '칡소' 를 그 당시는 '얼룩소' 또는 '얼룩백이' 라고도 불렀다.

여기서 나는 잠시 '칡소' 아닌 얼룩백이 외국산 젖소가 우리나라에 들어온 경위와 그 보급의 전후사정을 알아봤다.

자료에 의하면 최초의 도입은 1885년 미국으로부터였다. 1884년에 말하자면 목축시험장이 설립되고 그 이듬해 암수 한 쌍이 들어왔다. 그리고 1900년에는 한 일본인이 서울에서 우유를 짜기 시작해 우리나라 낙농

업의 효시가 되었다. 그리하여 차츰 차츰 그 사육이 확대된 시기는 1930년대다. 따라서 정지용이 성장한 충북 옥천 시골마을, 더욱이나 이 시가 그의 나이 22세 때인 1923년에 쓰여졌고, 발표는 1927년도 『조선지광』65호인데 (이 점은 다시 뒤에서 한 번 더 밝히겠다) 1923년이라면 네덜란드산인 젖소 홀스타인이 한국에 들어온 지 불과 얼마 밖에 안 되었던 초기 시절이다. 그 당시 그의 고향 충북 옥천군 옥천면 하계리나 그 주변지역이 목장지역도 아니었으니 이미 그의 고향마을에까지 이 홀스타인이 분양되어 있을 리가 만무하다. 상상컨대 들판에서 한가롭게 풀을 뜯고 있는 '칡소' 이다.

뿐만 아니라 이 시의 분위기가 향토적이고 토속적인 만큼 이 시 전체 풍경에 만약 '칡소' 얼룩백이가 아니라 외국산 '젖소' 얼룩백이가 등장한다고 가정해 보면 그건 너무 만화 같은 그림이 되고 만다.

그리고 이 시를 쓴 시기를 발표 연도만 보고 일본 유학시절에 썼다고 한 글도 더러 보이는데 사실은 이미 앞에서 한 번 밝혀놓았듯이 유학 떠나기 직전인 1923년도 3월이다. 확인해 보지는 않았지만 어느 자료를 보니 휘문고보 재학 중에 동인지 '요람' 에 제일 먼저 발표한 것으로도 되어 있다. 바로 그해에 일본 교토(京都)의 도시샤(同志社)대학에 입학했고, 그 후 본격적으로 시작 활동을 하기 시작한 해는 그 3년 후인 1926년부터이다. 이 해에 유학생 잡지 『학조學潮』 창간호에 〈카페 프란스〉 등 9편의 시를 발표하고, 또 그 해에 서너 잡지에 시를 발표했다. 그래서 이 해를 많은 문학연구가들이 시인으로서 그의 공식적인 문단 활동의 해로 정리하고 있다. 그러고 보면 이 시가 동인지 아닌 잡지 발표는 본격 시작활동을 시작한 바로 그 다음 해가 된다. 창작된 해와 잡지 발표에는 4년 차이가 있다. 『조선지광』에 발표된 글의 맨 끝에 보란 듯이 창작년도 1923년이 밝혀져 있다.

다음은 이 시에서 아버지, 아내와 어린 누이가 소개되어 있는데 왜 어머니가 나오지 않을까 하고 누구나 강한 의문을 품어볼 수 있다. 아버지 모습이 나오는 2연 바로 다음 연에 곧 바로 길쌈을 하거나 아니면 바느질을 하는 모습이라도 나왔으면 그건 금상첨화이다.

사실 그렇다. 4대 독자 외아들로 태어나 어머니의 지극한 사랑을 받았을 법하고, 또 발표 원고의 맨 끝에 기록되어 있는 글의 완성 년도와 일자가 바로 일본 도쿄로 유학 가기 얼마 전 쯤이었음을 감안하면 22세의 청년이 '향수'를 노래하면서 그 어머니를 생각하지 않고 오로지 아버지와 누이동생과 아내만 생각하고 있으니 충분히 그런 의아심이 생겨날 법하다. 그 의아심의 열쇠는 오로지 시인만이 쥐고 있을 뿐이다. 여기 나오는 어린 누이동생은 아버지의 둘째 부인 소생으로 그가 평소에도 끔찍이 아꼈던 유일한 이복 여동생이고 또 아내는 10여 년 전 동갑나이 12살에 조혼한 사람이다. 그래서 어느 글에서는 어머니가 일찍 돌아가셨기 때문이 아닐까 하고 추측해 본 대목이 보였다. 이게 잘못된 추측이다. 어머니는 해방 후에 돌아가셨다.

아무튼 '해설피', '서리까마귀', '얼룩백이 황소' 등을 비롯하여 시를 쓴 시기, 어머니의 죽음시기에 관한 잘못된 해석이나 해설, 잘못된 사실이나 추측을 바로 잡아 다시 이 시를 읽어보면 새로운 맛이 나리라 본다.

그렇지만 단, 흠이 하나 있다. 비교문학가들의 연구에 의하면 이 시가 미국의 시인 트럼블 스티크니(Trumbull Stickney, 1874～1904)의 대표시 〈므네모시네(추억)〉와 결코 우연의 일치라고 볼 수 없을 정도로 여러 면에서 닮은 면이 있어 모방했다는 혐의를 받고 있으니 좀 안타깝다. 설사 혐의가 있다고 가정하더라도 시 공부와 시작을 하던 젊은 시학도로서 조금 곁눈질을 했구나 하고 이해하면서 읽으면 이 시 나름의 장점은 분명 있다고 본다.

명시의 조건은 과연 무엇인가?

1. 들어가는 말

명시에는 명시의 조건이 있기 마련이다. 그것을 우리는 명시의 시학詩學이라 달리 말할 수도 있다.

미인을 뽑는 데에도 선발의 기준이나 선발의 조건이 있기 마련이다. 가령 미스 코리아를 염두에 둔다면 키는 최소한 170㎝ 이상이어야 하고, 8등신의 체격조건에다 가슴, 허리, 히프의 크기가 적절한 조화와 균형을 이루어야 할 것이고, 얼굴은 시원하면서 잘 생겨야 하며 나아가 제대로 균형잡힌 육체미만이 아니라 얼굴에서 지성미도 흘러야 할 것이다.

이처럼 명시에도 최소한 어떤 조건 이상을 갖추어야 한다는 불문율이 있다. 많은 명시들을 읽다 보면 공통분모가 있기 마련인데 그것이 곧 명시의 조건이요 시학인 것이다. 훌륭한 건축물을 지으려면 훌륭한 설계도와 그에 따른 훌륭한 시공 기술 그리고 질 좋은 자재가 있어야 하듯이 좋은 작품을 쓰려면 반드시 이런 명시의 조건들을 한 번쯤은 누구나 깊이 생각해 보고 창작에 임할 필요가 있다. 시인이라면 그 누구라도 한 생애에 있어 절대평가에서건 상대평가에서건 서너 편 정도라도 명시급의 대표작을 남기고픈 강한 충동이나 욕심이 있으리라 본다.

이 글은 그런 욕구충족에 조금이라도 도움이 될까 해서 써본다.

2. 명시의 조건

시의 여러 장르 중 명시의 대부분은 서정시 쪽에 있다. 서정시는 시의 원형이요 시의 영원한 고향인 동시에 시의 유행성에 훼손을 덜 받으면서 시대를 초월하여 인간의 정감에 와 닿기 때문이다.

서정시가 서정화 시켜 주고 있는 정서들은 사랑과 미움, 이별과 만남, 삶과 죽음, 상실감, 허무감, 환멸감과 애수, 무상감, 외로움, 설움, 안타까움, 후회, 애환, 꿈, 자연에 대한 환희나 침작 의식 또 경외감 등이다.

서정시의 효용성이란 바로 이런 정서의 서정화를 통해 시 독자의 감정이나 감성을 순화시켜 주기도 하며, 위무도 하고 또 고양시켜 주는 데 있다. 감정이나 감성의 카타르시스가 바로 서정시 고유의 몫이요 기능인 동시에 그 효용성이다. 따라서 서정시는 다른 장르의 시에 비해 정서적 감응력이 강하고 크다. 감동을 주는 시도 서정시에 거의 있다. 그래서 명시의 일차적 조건에는 반드시 서정시가 포함되기 마련이다. 그러나 모든 서정시가 명시가 아닌 이상 명시가 되려면 거기엔 반드시 필요충분조건이 수반되어야 한다. 이제부터는 그런 조건들을 대충 열세 가지로 나누어 하나하나 언급해 보기로 하겠다.

첫째, 짧아야만 한다. 가령 장시라면 압축미가 없고 암기 내지 암송하기에 힘들기 때문에 명시의 조건에서 벗어난다. 뭐니 해도 명시는 암송이나 낭송하기에 알맞은 길이어야만 한다. 따라서 오늘날 우리가 암송할 수 있는 명시는 대부분 단형시라는 결론에 이른다.

이를 그림의 경우와 대비해서 생각해 보면 더욱 이해가 빠르리라 본다. 그림을 감상할 때 그 크기에 따라 적절한 '감상의 거리'가 있을 수 있는데 요는 최적의 '감상의 거리'에서 그 그림이 한눈에 들어와 감상할 수 있는 그림이 바로 명화의 일차조건이지 너무 커서 고개를 두리번거려야 하는 정도라면 비록 대작大作으로서 잘된 그림이라는 평가는 받을 수 있으나 명화라는 평가를 받을 수 없는 이치와 일맥상통한다 하겠다.

연으로 보면 4~5연의 시에 명시가 많으며 행이 많을 경우라면 간혹 3

연시에도 명시가 있다. 연시이건 비연시이건 전체 행수로 보면 평균 10행 전후에서 25행 내외이다. 따라서 가장 이상적인 명시의 길이는 그 중간인 15행 내외라고도 말할 수 있다.

한국시 중에서 명시로 평가받고 있는 시들을 통해 이를 알아보기로 하겠다. 3연시에는 〈성북동 비둘기〉(24행), 〈논개〉(24행)가 있고, 4연시에는 〈설야〉(15행), 〈진달래꽃〉(12행), 〈국화 옆에서〉(13행), 〈절정〉(8행), 〈님의 침묵〉(10행), 〈꽃〉(15행 : 김춘수)이 있다. 그리고 5연시에는 〈광야〉(15행), 〈십자가〉(14행), 〈청노루〉(10행), 〈파초〉(10행), 〈껍데기는 가라〉(16행), 〈향수〉(반복구를 제외하면 21행) 등이 있다. 비연시에는 〈깃발〉(9행), 〈모란이 피기까지는〉(12행)이 있다. 연시 중에서 다소 예외에 속하는 것으로는 〈사슴〉(2연 8행 : 노천명), 〈승무〉(9연 18행)가 있고, 비연시 중에는 〈목마와 숙녀〉(32행)가 있다.

둘째, 명시에는 음악적 효과를 최대로 살릴 수 있는 운율이 있어야 한다. 바꾸어 말해 역시 낭송이나 암송하기에 좋아야 한다는 뜻이다. 시의 음악성을 통해 인간의 마음 속에 내장되어 있는 '정서의 건반'을 두드려 주어 마음이나 영혼에 전율을 일으켜 주어야 한다. 전기에도 전기가 잘 통하는 도체와 반쯤 통하는 반도체 그리고 전혀 통하지 않는 부도체가 있듯이 시 감상을 할 줄 아는 도체적 체질의 사람에게는 어떤 소리(음악이나 시낭송)를 받아들이고 그에 반응하는 '영혼의 악기' 또는 '영혼의 건반'이 내장되어 있기 마련이다. 따라서 명시에는 생체리듬과 호흡을 같이하는 그 운율적 악보가 있어 '영혼의 악기'나 '영혼의 건반'을 두드려 공명현상을 일으켜 주기 마련이다.

셋째, 어려운 추상어보다는 평이한 일상어와 정감어가 주가 되어 있다. 추상어를 과도하게 남발하다 보면 난해하기 십상이다. 명시치고는 난해시가 거의 없다. 고등수학을 푸는 듯한 난해시는 학자나 연구가들의 몫일 뿐이다. 뭐니 해도 한두 번 읽으면 곧 가슴에 와 닿아야 한다.

넷째, 문장의 형식에는 종속접속사로 연결된 복문이 주가 되어 있다. 단문單文이나 중문重文은 정서나 이미지의 흐름을 단절시키거나 깨뜨리기 마련이다. 이에 비하면 주절과 종속절로 된 복문은 유장한 맛이 있어 정서의 흐름을 잘 실어 나를 수 있기 때문이다. 단문이 어울리는 시가 있으면 중문이 어울리는 시가 있고, 또 복문이 어울리는 시가 있기 마련이다. 문장의 형식을 의복이라 생각한다면 장소에 따라 혹은 목적성에 따라 옷이 달라져야 할 것이다.

아무튼 명시와 복문은 불가분의 관계가 있는 셈인데 이 복문의 한 문장이 한 연으로 배열되어 있는 명시를 우리는 자주 접할 수 있다.

다섯째, 구성면으로 보면 이미지와 이미지의 연결이 복잡구성이 아니라 단순구성으로 되어 있다. 4단이나 5단 구성이 애용되며 기 · 승 · 전 · 결에 충실하거나 아니면 그 유사구성을 하고 있다.

여섯째, 의미구조는 점층이나 점증식으로 된 확장 의미구조로 되어 있거나 아니면 수미상관首尾相關의 순환구조로 되어 있다. 이 중 수미상관은 끝 연에서 첫 연의 반복이나 첨삭적인 반복을 보이는 경우다. 〈진달래꽃〉 〈모란이 피기까지는〉 〈승무〉 〈목마와 숙녀〉가 바로 그 예들이다.

그리고 4연인 경우에는 3연이나 4연에서, 그리고 5연인 경우에는 4연 아니면 5연에서 이미지의 통합이 이루어지거나 아니면 고압적인 이미지의 분출이 있다. 통합의 경우라면 비유적으로 말해 졸졸 흘러 내려오던 물줄기가 폭포수를 만난 형국이고, 분출의 경우라면 화산의 분화구를 연상해 보면 된다. 주제나 이미지의 처리를 밋밋하게 평면 처리하는 것이 아니라 하강곡선 아니면 상승곡선으로 처리한다는 뜻이다.

일곱째, 관찰이나 상상에 있어 고도의 감각적 예민성도 나타나 있다. 〈성북동 비둘기〉에서는 비둘기가 돌 깨는 산울림에 떨다가 가슴에 금이

갔다는 부분이 있는가 하면 또 채석장에서 금방 따낸 돌 온기에 비둘기가 입을 닦는다고 되어 있으니 그 감각성이 돋보이고 있다. 〈국화 옆에서〉는 간밤의 국화의 개화와 나의 불면의 밤이 초경험적 범생명의 애정주의와 절묘한 연관성을 맺고 있으며, 〈序詩[서시]〉(윤동주)에는 잎새에 이는 바람에도 괴로워하는 초감각적인 시인의 예민한 모습과 별이 바람에 스치운다는 초월적 감각성이, 〈설야〉에서는 눈 내리는 소리에서 머언 곳에서 여인의 옷 벗는 소리를 연상해 보는 청각적 예민성이, 〈향수〉에서는 밤바람 소리에서 비인 밭에서 말달리는 소리를 환청해 본다는 초감각성이 각각 나타나 있는 것이다.

여덟째, 극대의 이미지를 다른 평면을 통해 극소이미지로 자리바꿈시키는 데서 오는 이미지의 압축효과도 이용하고 있다. 이런 기법을 각론식 시론의 입장에서 내 나름대로 이름을 붙여 본다면 '자리바꿈을 통한 이미지의 압축기법' 이라 해도 좋을 듯하다. 우리 시인들이 자주 이용하는 대표적인 이런 기법에는 두 가지가 있다. '천상적 이미지의 지상화'와 '지상적 이미지의 천상화'라 말할 수 있다.

가령 이육사의 〈청포도〉에서는 "먼 데 하늘이 꿈꾸며 알알이 들어와 박혀" 이고, 박인환의 〈목마와 숙녀〉에서는 "술병에서 별이 떨어진다" 이며, 박목월의 〈청노루〉에서는 "청노루/ 맑은 눈에/ 도는/ 구름" 이고, 김춘수의 〈귀향〉에서는 "붉은 열매를 따먹는 산토끼의 눈에는/ 지금도/ 엷은 연두색의 하늘이 떨어져 있지만" 등과 같은 표현이 곧 '천상적 이미지의 지상화'에 해당하는 자리바꿈이요 압축기법이다. 이와 반대는 물론 용어 그대로 '지상적 이미지의 천상화'다. 그 가장 대표적인 경우가 서정주의 〈동천〉에서 잘 표현되어 있다. "내 마음 속 우리 님의 고운 눈썹을/ 즈믄 밤의 꿈으로 맑게 씻어서/ 하늘에다 옮기어 심어 놨더니" 다.

아홉째, 시각과 청각의 영상이미지를 최대로 활용하여 시청각적 상상력을 최대로 고조시켜 주고도 있다. 비유적으로 말해 다방이라면 물론 뭐니 해도 커피 맛이 좋아야 하겠지만 부수적으로 실내환경이나 장식 그리고 친절하고 예쁜 레지가 있어 시각적 욕구도 충족시켜 주어야 하겠고, 뿐만 아니라 좋은 음악이 있어 청각적 즐거움도 주어야 하는 이치와 통한다고나 할까. 좁게 말해 시각적 영상이미지의 활용은 그림으로 보면 그림에 색채 넣기와 상통하며 청각적 영상이미지의 활용은 시적 현실이 전개되는 공간 현장에 효과음으로써 소리 넣기라 하겠다.

가령 색채어를 이용한 전형적인 색채 넣기의 시라면 〈논개〉 〈청포도〉 〈청노루〉를 들 수 있다. 〈논개〉는 죽음과 애국심의 상징인 '붉은 색' 과 영원성과 절개의 상징인 '푸른 색' 을 최대로 구사해 본 작품이고, 〈청포도〉는 선비정신의 고고성을 나타내는 '흰색' 과 지절志節의 상징인 '푸른 색' 의 이미지를 최대로 대비시켜 본 작품이며, 〈청노루〉는 청색 이미지를 동원하여 때 묻지 않은 순수 자연세계를 노래하고 있다. 그리고 효과음으로써 소리 넣기의 예라면 〈국화 옆에서〉를 들 수도 있다. 봄의 소쩍새 소리와 여름의 천둥소리를 집어넣어 청각적 상상력을 자극시켜 주고 있다.

열 번째, 명시에는 표현기교나 기법으로 보아 섬광처럼 번쩍 빛나는 부분이 어디엔가 들어 있어 시 전체의 인상을 밝게 해 주고도 있다. 명시의 명구名句라 할 수 있다. 시의 기교나 기법을 나열하려면 한이 없겠지만 적어도 명시에서 자주 보이는 명구는 참신한 비유나 역설 그리고 공감각共感覺적 표현에서 찾아진다. '찬란한 슬픔의 봄' (〈모란이 피기까지는〉), '거룩한 분노' (〈논개〉), '소리 없는 아우성' (〈깃발〉), '죽어도 아니 눈물 흘리우리다' (〈진달래꽃〉), '고와서 서러워' (〈승무〉), '겨울은 강철로 된 무지개' (〈절정〉) 등은 역설적 표현기교에서 나온 예들이다. 그리고 정지용의 〈향수〉에서는 '금빛 게으른 울음' 이, 서정주의 〈문둥이〉에서는 '꽃처럼 붉은 울음' 과 같은 공감각적 기법이 각각 그 시에다 탄력성을 주고 있는 예들이다.

열한 번째, 신선한 표현을 위해서라면 타분야의 관용어나 전문용어를 차입해 오거나 전용도 해야 한다. 정치, 사회, 경제나 경영, 지리, 의학, 물리, 화학, 천체학, 교육 등등에서 자주 쓰이는 용어들을 끌어와 적재적소에다 이용해 보면 신선미가 살아난다. 가령 대차대조표, 유쾌지수, 방정식, 불연속선, 독도법, 부도체, 성적표, 빙점 등을 다른 표현 대신 적재적소에 어느 누가 잘 이용했다고 가정해 보면 퍽 신선한 인상을 주었을 것이다.

열두 번째, 숫자개념의 문학적 운용도 있어야 한다. 바꾸어 말해 숫자를 일상적 숫자개념에서 문학적 환기력을 촉발시킬 수 있는 개념으로 바꿀 필요가 있다. 그런 예를 다음 두 경우에서 알아본다. 김영랑의 〈모란이 피기까지는〉에서 만약 "삼백 예순 날 하냥 섭섭해 우옵네다" 란 과장법이 아니고 '일년 열두 달' 이라고 나왔다고 하면, 그 감응도는 반감하고 말았지 않았겠는가. 그리고 서정주의 〈국화 옆에서〉를 두고도 비슷한 상상을 해볼 수 있다. "한 송이의 국화꽃" 이 아니고 불특정 다수의 꽃으로 시작했다면 이 시는 처음부터 독자들의 관심을 끌어들이는 동력을 잃지 않았겠는가.

열세 번째, 필요하다면 새로운 단어의 창안도 하고 볼 일이다. 77세(喜壽[희수]), 80세(傘壽[산수]), 88세(米壽[미수]), 99세(白壽[백수])라는 말도 모두 신조어로서 창안해낸 말이 아닌가. '이팔청춘' 이 있다면 유추해서 '이구청춘' '삼칠청춘' '삼팔청춘' '삼구청춘' 도 가능한 일이 아니겠는가.

이상에서 나는 명시에서 공통적으로 자주 보이는 특징적인 자질姿質들을 살펴보았다. 이 외에도 한두 가지 더 첨가할 수도 있겠지만 이쯤 해두기로 하겠다.

그런데 모든 명시가 위의 조건들을 동시에 구비하여 한꺼번에 충족시켜 줄 수는 없는 노릇이다. 과일도 과일 나름으로 그 맛이 모두 다르듯이 명시에도 그 조건이 각각 다를 수 있다. 그러나 과일의 영양소인 비타민 C와 같은 기본 필요조건을 명시라면 반드시 구비해 있어야 하되 시의 성격에 따라 충분조건에서는 선택적으로 좀 달라질 수 있다는 뜻이다.

3. 끝맺음을 하며

지금까지 언급한 내용들을 다시 다섯 가지로 간추려 정리해 본다.

첫째, 뭐니 해도 감동적이어야 한다. 둘째, 적절한 길이여야 한다. 가령 낭송이나 낭독 시간으로 보아서라도 길이는 '1분 예술' 이어야 한다. 너무 길어 지루하면 명시라는 인상에는 멀어질 수밖에 없다. 명품이나 명화(그림)의 미학적 크기가 명시의 길이와 상호관련이 있다는 점을 상기해 볼 필요가 있다. 셋째, 짧은 만큼 압축적이고 정교해야 하며 예술미를 획득해야 한다. 넷째, 고품격의 수사법 활용이나 창의적인 독특한 수사법의 개발과 도입도 필수적이다. 다섯째, 잠재된 인간의 본성이나 본능을 대리만족시켜 주거나, 마음 속에 내장되어 있는 감성의 건반을 운율의 음악성을 살려 최대로 두드려 주어야 한다. 그런데 여기서 하나 밝히고 싶은 점은 이런 조건의 명시는 문학사나 문학운동사와는 별개일 수 있다는 사실이다. 바꾸어 말해 문학사적 의미를 지녔다고 모두 명시가 아니다. 사적 의미를 빼고 보면 불량품도 제법 있다. 요컨대 명시는 명시로서 독자적인 생명력을 가지며 시대를 초월해 영원성을 누린다.

그러나 명시의 미학이론이 불변일 수 없는 이상 기존의 명시의 조건에서 새로움을 추구하는 노력도 아끼지 말아야 하리라 본다. 지난 시절의 미인상과 오늘의 미인상에는 현격한 차이가 있음을 볼 때 명시의 조건도 변할 수 있다는 사실을 시사해 주고 있다 하겠다.

우리 시대 대표시 50선 평설

•
지은이 / 이유식
발행인 / 김영란
발행처 / 한누리미디어
디자인 / 지선숙
•
08303, 서울시 구로구 구로중앙로18길 40, 2층(구로동)
전화 / (02)379-4514
Fax / (02)379-4516
E-mail/hannury2003@hanmail.net
•
신고번호 / 제 25100-2016-000025호
신고연월일 / 2016. 4. 11
등록일 / 1993. 11. 4
•
초판발행일 / 2017년 2월 1일
•

•
값 15,000원
•

•
ISBN 978-89-7969-737-7 03810